Renier-Frèduman Mundil

GeGlichenes

Band 2
Kurzgeschichten mit eingeschobenen Aphorismen

AF210144

Renier-Frèduman Mundil

GeGlichenes

Band 2
Kurzgeschichten
mit eingeschobenen Aphorismen

Impressum

Bibliografische Information der Deutschen Nationalbibliothek:
Die Deutsche Nationalbibliothek verzeichnet diese Publikation in der Deutschen Nationalbibliografie; detaillierte bibliografische Daten sind im Internet über http://dnb.dnb.de abrufbar.

© 2024 Renier-Fréduman Mundil
         Viola Hartmann
Covergestaltung Dan Winkler

ISBN: 978-3-7597-6862-9

Verlag: BoD • Books on Demand GmbH, In de Tarpen 42, 22848 Norderstedt
Druck: Libri Plureos GmbH, Friedensallee 273, 22763 Hamburg

Für

Sophie

Einleitung

Das Geglichene ist ein sprachlicher Platzhalter für das Gleichnis. Um eine Person besser zu verstehen, lohnt es sich, dessen ganze Familie zu betrachten: Das Familienmitglied Gleichnis besitzt viele Verwandte, offensichtlich nächste Verwandte wie Mutter, Vater, Bruder und Schwester ebenso wie von irgendeiner weit entfernten Seite eingeheiratete, adoptierte, dort gibt es ebenso Cousins 1.° (ersten Grades) wie nicht mehr nachvollziehbare Cousins 25.° (25sten Grades) und wahrscheinlich auch eine Reihe Familienmitglieder, die keine sind – solche, die einfach zur Hochzeitsfeier hineingegangen sind, obwohl sie keine Verbindung zur Familie hatten, aber sich als tief verbundenes Familienmitglied ausgegeben haben.
Eine bunte Mischung von Verwandtschaft, die sich Allegorie, Analogie, Vergleich, Simile, Lehrstück, Metapher, Sinnbild, Bildwort, Similiertes, Maschall und Nimschal und anderes nannten.
Da dieses Bild sehr bunt ist können wir uns leicht vorstellen, dass Gleichnisse nicht nur in der jüdischen oder christlichen Religion eine Rolle

spielen, sondern auch in vielen anderen Religionen, Kulturen und Dichtungen.

Der unbestrittene Großmeister des Gleichnisses ist Jesus Christus. Er soll (pardon, habe nicht nachgezählt) 48 Gleichnisse im Neuen Testament erzählt haben.

Nachfolgend ein Auszug:

- Vom Feigenbaum (mit und ohne Früchte)
- Gläubiger und zwei Schuldner
- Haus auf Fels und Sand erbaut
- Vom Gast ohne Hochzeitskleid
- Von den klugen und törichten Jungfrauen
- Von der kostbaren Perle
- Kamel und Nadelöhr
- Neuen Wein in alten Schläuchen
- Vom Sauerteig
- Vom unbarmherzigen Gläubiger
- Schatz im Acker
- Senfkorn
- Anvertraute Talente
- Unkraut und Weizen
- Vom Weltgericht
- Vom ungerechten Richter
- Vom verlorenen Sohn
- Vom verlorenen Schaf
- Vom verlorenen Groschen

-   Barmherziger Samariter
-   Vom Sämann

Obwohl Christus für seine Gleichnisse den damaligen Alltag benutzte, es gab beispielsweise noch keine Straßenlaternen, jeder lief mit einer Öllampe, die Saat wurde nicht Millimeter exakt mit einer Maschine aufgebracht, sondern mit der Hand gestreut, da fielen schon mal Samenkörner auf Steine, unter Unkraut usw., obwohl er diese Situationen benutzte, die uns nur noch selten in unserem Alltag begegnen, hinterlassen sie trotzdem auch heute einen tiefen Eindruck. Sie sind leicht zu merken mit einer versteckten wichtigen Botschaft, die wir entdecken, denken wir darüber nach.

Beeindruckt hat mich unter anderem das Gleichnis von den fünf klugen und törichten Jungfrauen. Alle Zehn warteten auf den Herrn, der nicht zur erwarteten Zeit kam. Als er erschien, waren die Öllampen leer. Die fünf klugen Jungfrauen hatten Ersatz, füllten ihre Lampen nach und wurden in den Himmel zum Hochzeitsfest eingeladen. Die fünf törichten mussten erst in die Stadt, die Lampen aufzufüllen. Als sie an der Himmelspforte standen, war und blieb diese verschlossen. Sie waren zu spät, wegen ihrer Nachlässigkeit einen Moment zu spät und dieser kurze Moment bedeutete für sie, eine Ewigkeit vor der versperrten Himmelspforte stehen zu müssen.

Dieses Gleichnis erinnerte mich an eine Begebenheit mit meinem Vater. Wir reparierten zu Hause den Abfluss in der Küche und stellten kurz vor Ende fest, dass ein Stück fehlte. Also stürzten wir los, rannten zur U-Bahn, fuhren sieben Stationen und eilten zum nächsten Sanitärgeschäft. Damals gab es die großen, fast durchgängig geöffneten Baugeschäfte noch nicht, es gab keine Internetbestellung mit Eilzustellung am selben Tag. Das gab es alles noch nicht.

Wir erreichen das kleine Geschäft exakt 13:01 Uhr, 1 Minute nach Ladenschluss. Hinter der Glasscheibe sahen wir den Besitzer, der die Tür auf verschiedenen Ebenen verriegelte. Durch die Glastür konnten wir mit ihm reden, klagten unser Leid, ein Wochenende ohne normalen Ablauf des Spülwassers, nein, wir müssten jede Schüssel extra entsorgen. Es half alles nichts. Der Besitzer ließ sich nicht erweichen. Wegen einer

Minute standen wir vor dem verschlossenen Sanitärhimmel.

An diesem Tag gab es keinen zweiten Jugendlichen auf der Welt, der die fünf törichten Jungfrauen besser verstanden hat als ich.

Gleichnisse werden lebendig, betrachten wir sie durch unseren Alltag, selbst wenn dieser (aber nur äußerlich) anders aussieht als zur Zeit Christi.

Auch das Wort ‚Geglichenes' hat Verwandtschaft: Ausgeglichenes, Abgeglichenes, Beglichenes, Angeglichenes, Verglichenes und mit Sicherheit noch mehr Angehörige. Gesellen wir uns zu jedem dieser verschiedenen Familienmitglieder und betrachten so das Gleichnis aus den verschiedenen Positionen, dann ergibt sich aus allem ein rundes Bild, nachdem wir im Leben oft streben.

In jedem Gleichnis steckt eine Gleichung aus einigen Unbekannten.

    1.   AT + NT = BB oder

    2.   AT + NT = L

Die erste Gleichung ist simpel:

AT (Altes Testament) + **NT** (Neues Testament) = **BiBel**.

Die zweite Gleichung hat aber noch eine andere Lösung. AT ist nicht nur das **A**lte **T**estament sondern auch der **A**ll**T**ag.

A(ll)T(ag) + N(eues) T(estament) = Leben.

Das ist die Gleichung, die hinter den Gleichnissen steht: Der **A**ll**T**ag verknüpft sich mit dem **N**euen **T**estament bzw. den dort so reichlich vorhandenen Gleichnissen und ergibt (=) das Leben. Und wer von uns versteht nicht gerne durch diese einfache Gleichung sein kompliziertes Leben.

Die folgende Sammlung enthält etwas über 60 Kurzgeschichten, jede Kurzgeschichte baut auf eine meist aus dem Neuen Testament stammende Bibelstelle eine gleichnishafte Geschichte. Da wir vier Kinder haben sind die Geschichten bewusst auf vier Bände aufgeteilt, ein kleines Vermächtnis an die Kinder, in ihrem bzw. dem Leben ihrer eigenen Familie den kostbaren Schatz der Gleichnisse, den Christus so oft verwandt hat, zu entdecken. Zwischen den Geschichten findet sich jeweils ein Gedicht, eine kurze Zeit zum Verschnaufen, eine kurze Zeit vielleicht doch zum Nachdenken, eine kurze Zeit vielleicht auch zum weiteren Vertiefen.

1.

Begleitet allein

Dunkelheit. Schwärze. Die Bäume tot. Kein Blatt bewegte sich. Abgestorbene Äste, der Tod hing an ihnen. Die nahen Hügel warfen große Schatten auf die Landschaft. Dahinter duckte sich die Sonne. Glutrot, beinahe schwarz, tauchte sie in die Linie des Horizontes. In ihrem scheidenden Licht flackerten Mücken, einander umkreisend, setzten schwirrende Töne in die Luft, bevor sie sich im Nichts auflösten. In den Häusern erlosch das Licht. Augenlider fielen zu. Über den Sorgen des Tages. Behangen mit der Not des Alltags. Aufgeraute Füße lagen regungslos unter herausgerissenen Daunen. Verbrauchte Luft strömte aus den schlafenden Körpern. In der Küche lagen die Hunde, die kalte Abendluft kroch aus dem Boden, verfing sich in ihrem Fell. Draußen liefen zwei Gestalten durch den Abend. Ihre Augen waren nach vorn gerichtet, die Gedanken aber zueinander gewandt. Konnten nicht verstehen, was geschehen war. Von Zeit zu Zeit erregte sich ihre Stimme, stürzte dann wieder in die Monotonie der Resignation. Unvorstellbar war das Geschehen. Ein weiteres

Mal flackerten die Stimmen auf, heftiger als zuvor. Vorwürfe klangen an, die Nacht bedeckte den Ausdruck ihrer Gesichter. Danach liefen sie schweigend nebeneinander. Durch die Nacht. Der Dunkelheit zu entrinnen. Zuflucht in einem Gebäude zu finden. Sich in den Schein einer Lampe zu setzen. Um die Gedanken aufzuklaren. Abgestorben die Sprache, der Redefluss versiegt, die Füße nur noch ein Wälzen.

Es musste so kommen. Versteht ihr es nicht?

Sie liefen weiter. Ein kühler Wind, aus dem Wald hervorgebrochen, verlieh ihnen neue Kraft. Die Muskeln ihrer Füße zogen sich schneller zusammen. Unter ihren Füßen krachte das dürre Geäst.

Was ist das für ein Geschehen, über das ihr redet?

Der Klang ihrer Stimme vertrauerte sich. Sie waren keine Fremden in der großen Stadt. Alle hatten es mitbekommen. Die Einheimischen, Reisende, Gäste, die Reichen und die Bettler, selbst Blinden und Tauben war es nicht verborgen geblieben.

Ich bin der Einzige, der es nicht erfahren hat. Worüber erregten sich eure Gedanken? Was nimmt den Klang eurer Worte, gleicht ihn der düsteren Abendstimmung an?

Es ist drei Tage her. Unsere Hoffnungen bündelten sich auf ihn und er trug die Last der Erwartung. Wir dachten es. Bis sie ihn verhafteten. Nein, es war anders. Er ließ sich verhaften. Gewiss, hätte fliehen können. Überall besaß er Anhänger. Viele hätten ihn versteckt. Nein, nicht viele. Gut, nicht viele, aber genug, um den Häschern zu entkommen. Stattdessen Kerker. Dicke Mauern. Keine Befreiung. Nicht für uns. Nicht für ihn. Bis er verschwunden war. Plötzlich. Falls es der Wahrheit entsprach. Frauen wollten ihn besuchen. Frische Speise und Trost bringen. Seine Zelle war leer. Die Wärter schwiegen über seinen Verbleib. Drei Tage ist es her. Der Besuch der Frauen.

Die Nacht war dunkler geworden. Schwarze Blätter und der schwarze Horizont verschmolzen zu einer Mauer, kein Anfang, kein Ende. Die Konturen ihrer entmutigten Gesichter verloren sich übergangslos in der Dunkelheit. Ihr leeres Herz sog in großen Zügen an der schwarzen Nacht, nirgends Trost, keine Hoffnung, ihr Anführer war verschwunden, mit ihm ihre Träume, mühsam gepflegte Erwartungen, fast aufgezehrter Langmut.

Ihr solltet verstehen, es war am besten so. Sein Verschwinden wird die Anderen Mut schöpfen lassen. Er ist weg, um viel dichter bei euch zu sein. Früher konntet ihr ihn sehen, jetzt spürt ihr ihn, die Kraft aus der Erinnerung. Spüren ist dichter als Sehen, Sehen und Erinnern, beides vielleicht gleich weit entfernt. Es war vorausgesagt – von vielen Köpfen der Bewegung. Nur wollten es die meisten nicht glauben. Auch nicht ihr beide. Ihr braucht nur die Rede der Alten eindringlich lesen, der Weg war vorgezeichnet, ein Schritt, der nächste Schritt, bis zum Ende. Wäre er geblieben, ihr hättet euch nicht an ihn erinnert.

Die Beiden blickten in den dunklen Abend. Ihr hattet euch nicht erinnert. Natürlich, er musste gehen, um bei ihnen zu sein. Warum hatten sie es vorher nicht verstanden? Ihre Gedanken glühten auf. Der Sinn seines Verschwindens, das Gefängnis, es war leer, jedenfalls die Frauen, sie hatten es berichtet, alles fügte sich zu einem Sinn, der die dunklen Gedanken, Hoffnungslosigkeit, Resignation, abgrundtiefe Enttäuschung, Unverständnis, tilgte. Ein warmes

Gefühl breitete sich aus. Draußen war es dunkel. Die Nacht hatte sich ausgelegt. Schwarz der Horizont. Schwarz der Wald. Die Blätter regungslos, abgestorbene Äste, das Leben hinter kalten Mauern gewichen.

Begreift ihr denn nicht? (Lukas 24:25)

So erreichten sie das Dorf, zu dem sie unterwegs waren. Er tat, als wolle er weitergehen, aber sie drängten ihn und sagten: bleib doch bei uns, denn es wird bald Abend, der Tag hat sich schon geneigt. (Lukas 24:28,29)

Jeder sollte sich hinterfragen
Und seinen Stolz zu Grabe tragen.
Doch dann wäre die ganze Welt
Ein riesengroßes Friedhofsfeld

2.
Künstliche babelnde Höhe

Das Holz polierte stärker als die glitzernde Stahlkonstruktion der Fassade. Dick herausgeschnitten, ein saftiges Holzsteak, aus dem Stamm eines urwaldlichen Riesenbaums. Daraus eine Tischplatte, in der Form des Landes. Hier oben, 102. Stockwerk, thronte das edle Holz viel höher, als es ihm, Teil des Mammutbaumes, jemals vergönnt gewesen wäre. Hier oben flog kein Blatt am Fenster vorbei, kein Vogel, keine Biene, das einzige Leben bestand aus Menschen. 15 von ihnen saßen um dieses dicke, glänzende Holzfilet. Die Stimmung angespannt, die alten Holzfasern beruhigten die Nerven.

Eine nochmalige Erhöhung ist nicht durch-zusetzen.

Links, am Küstenplatz des landkartenartigen Holztisches, hatte einer der Männer das Wort erhoben.

Glauben Sie mir, unmöglich. Niemand wird es tolerieren.

Kopfschütteln, zuerst vom Vorsitzenden, als die anderen es sahen, schüttelten sich auch ihre Köpfe. Die Richtung wurde auf einmal klar.

Jedes Mal haben Sie es gesagt, wandte sich der Vorsitzende an den Sprecher. Mindestens bei den letzten sieben Preisrunden. Hätten wir auf Sie gehört, ich möchte nicht wissen, ich möchte nicht wissen, ich möchte nicht….

Die Anwesenden beobachteten ihn gespannt. Irgendetwas Unvorhergesehenes war geschehen. Dachten sie. Doch es war nur die Sekretärin des Aufsichtsrates eingetreten. Das allerdings konnte eine Menge bedeuten. Nur im allerhöchsten Notfall durfte die Sitzung gestört werden. Sie lief schnurstracks, endlos lange Beine, die viel zu früh hinter dem blauen Rock verschwanden, zum Vorsitzenden. Ihr Tempo war ordentlich, die schwarzen Haare flogen zur Seite, ein Windzug brauste durch den Raum.

Wortlos überreichte sie ein Fax. Drehte auf ihren Stöckeln eine Pirouette, verhedderte sich, fiel nach vorn, konnte gerade noch das Gleichgewicht erlangen und verschwand unter den triefenden Blicken der Männer.

Sie hatten Zeit, den zu früh verschwundenen Beinen nachzustarren, der Vorsitzende benötigte einige Zeit, das Schriftstück zu studieren.

Fahren wir fort, meine Herren, sagte er schließlich und wendete seine rückwärtige Körperpartie wieder zur Wand, einfacher ausgedrückt, er drehte sich wieder zu den Anwesenden.

Fahren wir fort, wiederholte er, ich bitte um weitere Wortäußerungen.

Diese kamen. Ihr Kern war klar. Vorgegeben vom Kopfschütteln des Vorsitzenden. Ergab 14:1, ein Ergebnis, das dem Eckenverhältnis eines ungleichen Fußballspiels entsprach.

Trotzdem schien es dem Vorsitzenden wichtig, die Gegenstimme weiter zu bearbeiten.

Sie haben recht, Winston. Unsere Lager sind voll. Aber wie schnell kann sich das ändern. Auch müssen wir an die Kriegskasse denken, Übernahmen stehen an, da benötigen wir schon ein wenig Kleingeld in der Portokasse. Und Ihr Gehalt, Winston. Sie wissen genau wie ich, dass es vom Aktienkurs abhängt. Und der klebt an unserem Gewinn. Und der klettert am Literpreis. Wir werden zwei Cent heraufsetzen. In jedem

Monat. Durchschnittlich. Unterbrochen vom üblichen Auf und Ab. Not gibt es nicht, aber muss es erst so weit kommen, dass wir uns über Not unterhalten. Zwei Cent im Monat. Es macht niemanden arm. Nicht den Familienvater. Nicht den Taxifahrer. Sie wissen genauso wie ich, Winston, das Gesetz steckt den Marktplatz ab, und jemand muss das Gesetz festlegen. Die anderen werden es sowieso als ungerecht empfinden, egal was sie machen.

Ich treffe mich morgen mit den Vorsitzenden der anderen Gesellschaften. Meine Herren, ich freue mich, den anderen morgen mitteilen zu können, dass wir weiterhin auf der gemeinsam abgesprochenen Linie bleiben werden.

Es war einfach, dachte Winston. Gelb, blau, grün, rot, alle liefen den abgesprochenen Weg, durchschnittlich zwei Cent im Monat, unterbrochen vom Auf und Ab, allerdings in unterschiedlichem Rhythmus, mal die Roten rauf und die Grünen dafür runter, eine Woche die Grünen kräftig hoch, die Roten blieben stehen, jetzt mischten auch die Gelben mit, stiegen langsam höher. Alles akribisch von einem Zufallsgenerator geplant, nur das Ziel war festgelegt, ein Gipfel, 2 m höher, auf dem sich alle nach 30 Tagen treffen würden. Ein Platz an der gelben Sonne, die rot aufgegangen war, am blauen Himmel auf das grüne Land hinablächelte. Nicht für die vielen kleinen schwarzen Menschenpunkte, die durch das Land wuselten. Für die großen Gebilde! Sie waren es, die das herrliche Holzfilet aus der Nichtigkeit eines Urwaldbaumes, zwischen Dunkelheit, Farnen, Lianen, stickiger Luft auf 400 m Höhe gehievt hatten.

Winston erhob sich. Was für ein Rat. Wieder ein ungerechter Beschluss.

Der Vorsitzende versuchte ihn zu halten.

Warten Sie, Winston. Dieses Fax ist vom Präsidenten. Er gratuliert uns für die Gewinne des letzten Jahres. Und sehen Sie, Winston, er schreibt, dass er Geld braucht, die Leute werden weniger Zapfen, was soll's, durch den höheren Preis kommen mehr Steuern herein. Sehen Sie Winston!

Er sah nicht. Nicht hin. Zum Unrecht, vielleicht.

Damals gehörte zu den Mitgliedern des Hohen Rates ein Mann namens Josef, der aus der jüdischen Stadt Arimathäa stammte. Er hatte dem, was die anderen beschlossen und taten,

nicht zugestimmt, weil es unrecht war.
(Aus Lukas 23:51)

Wahrheit
Ist ein Kleid
Und jeder sieht,
Wie es der Mode unterliegt.

3.
Unfreiwillige natürliche Kehrtwende

Bryan Edward Arthur Smith. Eigentlich gehörten noch mehr Vornamen zu ihm. Bryan Edward Arthur, es waren die Namen seiner Vorfahren, Großvater, Großonkel, Ur-Urgroßvater. Diese Drei waren die sportlichsten aus einer langen Familienahnenreihe von Top-Athleten, deshalb hatte er diese Namen erhalten, mit ihnen war das sportliche Erbe in seine Wiege gelegt worden. Seine Eltern waren im positiven Sinn verrückt, nur von seinem bloßen Anblick auf etwas Besonderes zu schließen. Als er noch ein Baby war, beobachteten sie das Schaukeln der Wiege, wenn er sich bewegte, und es dünkte ihnen, keines der anderen Kinder habe sich vergleichbar kraftvoll durch das Schwingen der Wiege bemerkbar gemacht. Sein erster Krabbelversuch wurde mit den Bewegungen eines griechisch-römischen Freistilringers verglichen, der ebenso über den Boden krabbelte, den Gegner anstarrend. Möglicherweise lag hier seine Bestimmung.

Die ersten Schritte riefen eine enthusiastische Kette der Begeisterung in der Familie hervor, kraftvoll, energisch, wie ein Grizzly, dennoch geschmeidig, einer Wildkatze gleich, sie übertrafen den Bewegungsablauf der bekanntesten Footballspieler. Mit drei Jahren fuhr er perfekt Fahrrad und die Profis, sie nahmen auch keine bessere Haltung auf dem Drahtesel ein. Wenn, ja wenn da nicht seine kraftvolle Art wäre, mit seinen Armen das Wasser zu durchpflügen. Natürlich war er Jahrgangsschnellster auf der Highschool. Außerdem beschleunigte Schwimmen das Wachstum. 10 cm fehlten ihm zum Gardemaß eines Basketballspielers. 10 cm, er würde auch sie schaffen. Größe gepaart mit Treffsicherheit, die Highschoolteams rissen sich bereits jetzt um ihn – Bryan Arthur Edward, alles war bei ihm zusammengekommen.

Und übergelaufen. Wie in einem zu kleinen Fass, von einem Wolkenbruch überrascht.

Die Proportionen stimmten nicht länger. Plötzlich erinnerte er im Wasser mehr einem Basketballspieler, sein Footballspiel glich einem Radprofi ohne fahrbaren Untersatz. Überall hakte es gewaltig, er hatte sich in unsichtbaren Ketten verheddert, Ketten, keine Seile, kein gordischer Knoten, mit einem Hieb zu zerschlagen.

Lange Vergangenheit. 30 Jahre? 40 Jahre? Viele Jahre. Alter, aufgedunsenes Fleisch, brüchig gewordene Knochen, unbewegliche Gelenke, die Augen getrübt, die Schnecken im Ohr nicht mehr in der Lage, das Herannahen eines Gegners rechtzeitig wahrzunehmen. Endlos zog sich die Anlage hin. Graue Mauern, durchsetzt von Öffnungen, Fenster, kleine, schnurgerade gesetzt, morgens Einlass für den Tag, abends Pforte der Nacht. Hinter every Fenster ein Raum, klein, käfigmäßig, Bett, Tisch, Stuhl, telefonischen Zugang zu einem Bad, quadratische Kammer, dann eine Duschecke, ebenerdig, WC, Handwaschbecken, Öffnung für die Klimaanlage, in deren Sog das Leben der alten Menschen verschwand.

Bryan Edward Arthur, vor Jahrzehnten warst du ein Mann, jung, überall Muskeln, Sehnen an eisenfesten Knochen fixiert, unglaubliches Reaktionsvermögen, hellwach, multitalentiert, Schwarm der Highschool-Mädchen, jetzt, Jahre, Jahrzehnte verschlungen, liegt der Körper auf einem Bett, am Morgen liegt er, am Abend liegt er, dazwischen liegt er, kann sich nicht mehr allein erheben, das Wasser durchpflügen, Bällen nachjagen, Muskeln anspannen, sieht nicht, wer vor der Tür steht. Wenn jemand kam, hat dein Ohr nichts vernommen.

Ich sage dir: als du noch jung warst, hast du dich selbst gegürtet und konntest gehen, wohin du wolltest. Wenn du aber alt geworden bist, wirst du deine Hände ausstrecken und ein anderer wird dich gürten und dich führen, wohin du nicht willst. (Johannes 21:18)

*Die größten Siege
Erringt die Liebe.*

4.
Die bekennende Verleumdung

Den Tag werde ich nie vergessen. Es ist überhaupt erstaunlich, dass einem scheinbare Bagatellen im Leben nie mehr aus dem Kopf gehen, während wichtige Ereignisse ein paar Jahre später in der Erinnerung ausgelöscht sind. Nie vergessen. Es ist schon seltsam, ich erinnere mich an etwas, das nie stattfand. Wir erinnern uns sowieso besser an Ereignisse, zu denen es nie gekommen ist. Vorwurf, Gewissen, Enttäuschung, alles hält diese nie zustande gekommenen Dinge wach. Auf diesem Prinzip ist viel aufgebaut, auch die Hölle, mag man einigen Anschauungen darüber Glauben schenken.

Erinnern an etwas, das nie stattfand. Eine Unterrichtsstunde. Bereits damals fielen viele Stunden aus. Auch diese fiel aus. Trotzdem mussten wir im Klassenzimmer sitzen bleiben, die Stunde fiel aus, fand nie statt. Um sicher zu gehen, dass wir blieben, wurde uns eine Aufsicht verordnet. Zwei Mädchen einer älteren Klasse, Musterschülerinnen, galten, ich erfuhr es später, als absolut schullinientreu.

Allerdings gaben sie keinen Ersatzunterricht, sondern machten ein blödes Spiel mit uns. Bis ich plötzlich begriff, dass ich, aus meiner damaligen Sicht, auf eine Katastrophe zusteuerte. Ein Abfragespiel. Eine Statistik. Soziodemographische Erhebung. Sie fragten ab, wie viele Geschwister jeder hatte. Welches war die häufigste Familiengröße? Und, ich sah eine messerscharfe Klippe aus dem Meer auftauchen, sie ließ sich nicht mehr umschiffen. Vielleicht mit einem Schiff namens Übelkeit, aber das war schon damals Mädchen vorbehalte.

Wer hatte die meisten Geschwister!

Ich wusste von meiner einsamen Spitzenposition. Dafür würde mir kaum ein Siegerpokal überreicht werden. Höchstens ein Kübel mit sämtlicher möglicher Verachtung.

Bei der Abfrage nach sieben Geschwistern, Blut und Wasser hatte ich damals geschwitzt, klingelte es. Den Klang der Schulglocke werde ich nie vergessen. Ich befand mich nicht mehr in dem Alter, wo ich die sozialen Konsequenzen einer großen Familie realisierte, und noch nicht in jenen Jahren, wo man voll Stolz in einer Biografie auf diese Besonderheit hinwies. Damals steckte ich tief drin im Schlamassel, mir unendlich viele – auch überflüssige – Gedanken zu machen, was meine Mitschüler über diesen und jenen Aspekt meiner sozialen Herkunft denken könnten.

Ich war noch in derselben Lebensspanne, als mich im Französischunterricht eine ähnliche Situation ereilte. Mit einer Lehrerin. Ich war so etwas wie ihr Liebling, weil ich, obwohl Junge, der beste in Französisch war. Sprachen war die Domäne der Mädchen, hier war ich jedoch der Platzhirsch. Und wir sollten in Französisch ausdrücken, wie viele Brüder wir haben. Die Antwortreihe bewegte sich unaufhaltsam auf mich zu, fieberhaft rechnete ich nach, wie viele Brüder, sie mussten erst von den Mädchen, wie die schwarzen Böcke von den weißen getrennt werden, unterschieden werden, wie viele Brüder ich hatte.

Ich staunte nicht schlecht, neun, es waren neun Brüder. Alles sah ich zusammenbrechen. Die Anerkennung meiner Lehrerin, die Bewunderung der Mädchen, zu dieser Zeit und in diesem Alter wurde einer nicht dafür geliebt, neun Brüder zu haben. Das Schiff mit Namen Übelkeit tauchte auf, es war schon voll besetzt mit Mädchen, mit ihm gelang mir keine Flucht mehr. Une frère, dachte ich, und frère klingt vielleicht ein wenig ähnlich wie neuf, ich werde une frère nuscheln, so zog ich meinen Kopf aus der Schlinge.

Was natürlich Quatsch war, Brüder bleiben immer männlich, es musste natürlich auch un frère heißen. Das interpretierte auch meine Französischlehrerin aus meiner Antwort. Sie schüttelte nur den Kopf. Welch blödsinniger Fehler, von ihrem besten Schüler, es heißt nicht une frère sondern un frère, verbesserte sie entsetzt.

Ich blieb bei une, schließlich sollte die Wahrheit, die neun, die neuf, nirgendwo in meiner Antwort mitschwingen.

Etwas älter war ich geworden und ein wenig empfänglicher für das Gefühl, Unrechtes zu tun, verleugnete ich meine Familie. Vielleicht verstehen mich einige wenige, nicht, weil sie ähnlich viele Geschwister haben, möglicherweise haben sie einen ähnlichen Weg zurückgelegt, frei darüber sprechen zu können, dass es einen Alkoholiker, einen Kriminellen, einen AIDS-Infizierten, die Reihe ließe sich noch lange fortführen, in ihrer Familie gibt.

Ich schämte mich anfangs, aber das Leben ist gerecht, es gibt noch später Chancen. Wie jetzt.

Ich bin stolz auf meine Familie, meine Eltern, und schäme mich ihrer nicht, ich liebe sie, 13 Kindern, zehn Jungs und drei Mädchen, haben sie das Leben geschenkt, und dafür mehr auf sich genommen als ich in zwei läppischen Unterrichtsstunden.

Als sie gegessen hatten, sagte der Herr: Simon, Sohn des Johannes, liebst du mich mehr als diese?

Er antwortete: Ja, Herr, du weißt, dass ich dich liebe. (Johannes 21:15)

Aus dem Rückblick der Geschichtszeit denke ich, mehr als einmal stolz auf meine Familie sein zu sollen, von zwei Begebenheiten habe ich erzählt, wie viele habe ich vergessen?

Zum dritten Mal fragte er ihn: Simon, Sohn des Johannes, liebst du mich? (Johannes 21:17)

*Jeder Augenblick
Ist ein kostbares Stück
Zeit
Aus der Ewigkeit.*

5.

Der getarnte Hunger

In der Stadt war es schlimm, Bettler, Obdachlose, fast an jeder Ecke saß einer still in sich versunken, eine leblose Hand ausgestreckt. Damit nicht genug. Sie schickten Kinder auf Tour. Den alten, verwahrlosten, ausgemergelten Körpern konnte man vielleicht noch widerstehen. Aber diesen Kindern? Riesengroße, erwartungsvolle Augen, zerbrechliche Hände, die sich einem entgegenstreckten. Nur die Vorstellung half. Kam meist von allein. Irgendwo hockte ein Patron, ein Clanchef, hatte die Kleinen zum Betteln, wenn nicht gar zum Stehlen abgerichtet, keine fünf Minuten später wird die Münze, legte man sie in die winzigen Hände, bei einem widerlichen Kerl landen. Diese Vorstellung half, auch vor kleinen großen Augen, zerbrechlichen, winzigen Fingern das Portemonnaie verschlossen zu lassen.

Überhaupt, die Abgaben. Wöchentlich musste man mehr Abgaben leisten. War man nicht selbst Bettler, Bettler im eigenen Land und dann kamen diese dunkelhäutigen Fremden und schickten ihre Kinder – waren wohl selbst zu feige, zum

Betteln. Auch das Mitleid für sich selbst half, das Portemonnaie verschlossen zu halten. Mit der Zeit lernte man die Tricks, der Gefahr der eigenen Gutmütigkeit nicht zu erliegen.

Im Laufe der Zeit baute sich untergründig in ihm eine Stimmung auf, ohne dass er es merkte. Er schaute nicht mehr hin, kam er an einem Bettler vorbei, wurde er von einem angesprochen. Die Not der anderen war etwas Normales geworden, wie das Wetter, die Bäume, die Autos auf der Straße. Sie gehörte zum bunten Bild des Lebens, man würde es sogar vermissen, gab es keine Not, wie triste wäre das eigene Leben, fehlten diese Farbkleckse.

Es war jedoch nur eine Stufe der untergründigen Entwicklung, langsam schritt der Prozess voran. Jetzt begannen ihn die Bettler zu stören. Mussten sie ausgerechnet vor der Eingangstür des Kaufhauses sitzen, niemand kam mehr bequem ins Warenhaus, war sowieso alles eng und trubelig und das bisschen warme Luft ließ sich ebenso woanders finden. Warum streckte der Bettler auf der Straße seine Füße aus, konnte er sich nicht denken, dass andere, treu ihrem Alltag hinterherhechelnd, stolpern würden?

Das Fass lief über, als die Bettler ihn verfolgten. Sie blieben nicht mehr in der Stadt, fingen an, durch die Vororte zu laufen, an Türen, Gartenpforten zu klingeln, zu Hause die verdiente Ruhe zu stören.

Beim Läuten sah er den jungen Mann am Gartentor. Was er genau sagte, hatte er vergessen, jedenfalls war der andere verschwunden, noch bevor er seine bettelnde Bitte wiederholen konnte.

Gleichgültig kehrte er ins Haus zurück.

Wer war an der Tür?

Ach, so ein Bettler.

Was wollte er?

Ich weiß es nicht.

Hast du ihm was gegeben?

Nein, warum sollte ich?

Du hättest ihm wenigstens ein Butterbrot anbieten sollen. Vielleicht war er hungrig.

Hungrig? Es war ihm überhaupt nicht in den Sinn gekommen. Vielleicht war es nicht einer, der sein Auto um die Ecke zu stehen hatte, vielleicht hatte er einfach nur Hunger, mehrere Tage nichts zu essen gehabt, wollte nur den schwarzen Hunger in seinem Bauch stillen. Einfach nur etwas essen.

Als es schon morgen wurde stand der Herr am Ufer. Doch die Jünger wussten nicht, dass er es war. Der Herr sagte zu ihnen: Habt ihr nicht etwas zu essen? Sie antworteten ihm: Nein (Johannes 21:4,5).

Die Erinnerung
Ist der geistige Dung
Für die Vernunft
Und Zukunft.

6.
Das unglaubliche Normale

Wie viele Menschen, Massen, unzählige, viele, doch wie viele? Überall Menschen, links neben ihm, vor ihm, dahinter, einfach an jeder Stelle. Jubiläum. Stadtfeier. 750 Jahre alt war die Stadt geworden. Alles muss gefeiert werden. Wer weiß, wie lange es etwas zu feiern gibt. Riesengroß war das Feuerwerk. Nicht laut, ruhige Farben, das Firmament, die einfache klare Schönheit des Sternenhimmels verblasste gegen diesen Eindruck. Nahes ist uns groß, aber das Kleine in der Ferne ist das wahrhaft Wichtige. In der Ferne. Vieles lag dort. Ein endloser Friedhof an Erinnerungen, aneinandergereiht, blankgeputzte Kreuze für begrabene Hoffnungen, zu tausenden niedermetzelte Erwartungen, blutgetränkte, tief vernarbte, daneben Gesichter, beteiligte neben unbeteiligten, lachende, traurige, eine Blaupause des Lebens.

Das Feuerwerk prasselte immer noch. Eine dicke Wolkendecke hatte der Mond aufgezogen, es schienen dem alten Herrn zu viel, Lärm, Lichtblitze, brüllende Menschen. Die

Wolkengebilde, interessanter waren sie als die symmetrischen, sterilen Lichterbilder, Nachtgebilde, der Fantasie entsprungen, ihr Abbild suchend, unerschöpflich gleich dem stetigen Wellenrauschen, der Feuerflamme, immer dasselbe, doch in jedem Augenblick unterschiedlich.

Beim Schließen der Augen tauchten die Leuchtfeuer zwischen seinen Augen und den Lidern auf, blasse, flackernde Mücken, von dort in die Gehirnwindungen verschwinden sie. Als er die Augen aufschlug, dauerte es zahllose Momente, bis er es realisierte.

Vor ihm stand sein bester Freund. Nein, es war nicht sein bester Freund. Freund schon, sogar sein bester. Aber er stand nicht vor ihm, konnte nicht vor ihm stehen. Niemals. Er war in keinem anderen Land. War nicht am anderen Ende der Welt, lebte nicht in einer anderen Stadt. Er war schlicht und einfach tot. Jeder hatte die Nachricht erhalten, schwarz auf weiß, dass schwarze Totenkreuz auf dem reinen weißen Papier, darunter der Name des Freundes, zerbrechliche Buchstaben, die sich auf dem bleichen Papier auflösten.

Keiner hatte es fassen können. Er am wenigsten. Hatte sogar die zuständige Behörde angeschrieben und es urkundlich bestätigt bekommen, Name, Todesdatum, Ort, Zeit, Ort des Grabes. Natürlich war er hingefahren. Auf den Friedhof. Schlichte Anlage, nachdem er die prunkvollen Baumreihen des Hauptweges zurückgelassen hatte. Schmale Gräber, aneinandergereiht, an der Spitze, wo der Kopf ruhte, der Grabstein.

Ebenso einfach, zwei Worte:

„Auf Wiedersehen".

Den Grabstein erkannte er sofort, zweigeteilter Feldstein, er stand früher am Garten des Freundes. Wo war die zweite Hälfte. Auch der Tod ist zusammengesetzt, zwei Hälften, gegensätzlich, Trauer und… Der Tod war vergangen, vor ihm stand die zweite Hälfte des Todes.

Sein Freund bemerkte die Verwunderung.

Ich bin kein Geist, sagte er und griff als Bestätigung in seine Chips-Tüte und aß einige der knusprigen Scheiben.

Ich habe dir doch gesagt, er hörte die Stimme des Freundes, nah und gleichzeitig weit entfernt, aus einer anderen Welt, ich komme zurück, euch noch einmal zu treffen.

Noch einmal? Euch, die anderen. Natürlich, fuhr es ihm durch den Sinn. Er musste es unverzüglich den anderen erzählen. Er griff seinen Freund und zerrte ihn aus der Menge heraus.

Du musst mir alles erzählen, uns alles erzählen, verbesserte er sich. Jeder dachte, du wärst tot. Und jetzt, jetzt stehst du hier. Jeder meinte, du bist tot, wiederholte er ungläubig.

War ich auch, erwiderte der Freund. Dabei hatte der Klang seiner Stimme eine warme Schattierung, die er aber nicht genau beschreiben konnte. Bestimmtheit stand hinter den Worten, Freude, Wissen vor der großen Aufgabe, es seinem Hirn und jetzt den Anderen plausibel zu machen, unendlich viele Töne mischten sich in seine Worte.

Er hörte es nicht mehr. Skeptisch betrachtete er seinen aus dem Tod aufgetauchten Freund, aus sicherer Entfernung, und telefonierte über Handy mit einem Kameraden. Seine Stimme überschlug sich beim Mitteilen der Botschaft.

Am zweiten Ende der Leitung wurde es totenstill, dann antwortete die Stimme des Anderen:

Ich glaube dir nicht. Nicht, bevor ich es selbst gesehen habe. Es ist unmöglich, ich muss ihn selbst sehen. Weißt du noch von unseren Abenteuern? Damals im Camp ist er doch gestolpert und ins Lagerfeuer gefallen. An beiden Handflächen hat er Brandmarken. Lass dir die Narben zeigen. Ich will sie auch sehen. Ich glaube erst, wenn ich die Narben gesehen habe. Erst dann.

Die anderen Jünger sagten zu Thomas Didymus: Wir haben ihn gesehen. Er entgegnete ihnen: Wenn ich nicht die Male der Nägel an seinen Händen sehe und wenn ich nicht meine Finger in die Male der Nägel und meine Hand nicht in seine Seite lege, glaube ich nicht.

(Johannes 20:24,25)

Viele würden nicht vertragen,
Was sie zu anderen sagen.

7.

Zuviel zu wenige Körbe

Nichts ist unmöglich. Darf dieser Satz eigentlich ausgesprochen werden, ohne gleich darauf den Markennamen eines Autos zu nennen? Vieles ist unmöglich. Phasenweise alles, scheint jedenfalls zu sein, wenn sich Kette an Kette von Misserfolg reiht.

Das ganze Buch war voll von Unmöglichem. Die Frau litt seit Jahren an Blutungen. Niemand konnte helfen. Seit zwölf Jahren. Den anderen half dieses Problem. War von vielen Ärzten behandelt worden. Das Ergebnis: Sie hatte dabei sehr zu leiden. Ihr ganzes Vermögen war aufgebraucht (den Ärzten hatte es aber sehr wohl geholfen). Damit nicht genug. Ihr Zustand war noch schlimmer geworden. Nicht das erste Mal, dass eine medizinische Behandlung diese unselige Trias nach sich zog.

Und dort, wo die Kunst der Ärzte versagt hatte, sollte es geholfen haben, den Saum seines Gewandes zu berühren? Vieles ist unmöglich. Ebenso, zehn Aussätzige durch ein Wunder zu heilen. Nein, nicht das ist unmöglich. Etwas anderes. Zehn Menschen zu heilen und zu denken, alle wären einem dafür dankbar. Sie haben dich schneller vergessen, als du sie kennengelernt hast. Kannst von Glück reden, dass sie nicht zurückgekommen sind, um dir vorzuwerfen, warum du sie hast leiden lassen, warum sie nicht früher geheilt wurden, warum sie nur geheilt wurden und nicht gleichzeitig – gewissermaßen als Ausgleich – ein ordentliches Päckchen an anderen Segen erhalten haben. Unglaublich, von allen Menschen Dankbarkeit zu erhalten, nur weil man ihnen geholfen hat. Sollte man ihnen deshalb nicht helfen? Vielleicht nur, wenn man es auf ihre Dankbarkeit abgesehen hat. Das kann ein böses Erwachen für den Helfer geben.

Zu werden wie die Kinder. Unmöglich. Es sei denn, einer bleibt durchgehend ein Kind, lässt sich diesen Mantel nie herunterreißen. Wäre auch nicht notwendig, würden alle wie die Kinder. 10 % reichten aus. 10 % aller Erwachsenen, in ihrer Einstellung und Nichteinstellung, ihrer Spontanität und Vorurteilslosigkeit, reichten aus, dieser ganzen Welt einen großen Smiley aufzusetzen. Unmöglich, es wurde bereits festgestellt.

Da ist es schon leichter, einen toten Knaben aus Nain an die Hand zu nehmen und ins Leben zurückzureißen. Man muss nur im richtigen Moment, mit der richtigen Kraft und in die richtige Richtung ziehen. Nicht einfach. Wer hat schon einmal versucht, einen toten steifen Körper auf die Beine zu stellen, ohne dass dieser wieder umkippt. Alles eine Frage der Balance. Schwierig und doch leichter als vieles.

200 Denare müsste man besitzen und einen Bäcker in der Nähe. Damit ließe sich eine Abendgesellschaft, vorausgesetzt nicht zu anspruchsvoll, von 5000 Gästen beköstigen. Macht 0,04 Denare pro Person. Kein schlechter Einsatz, dafür etwas Dankbarkeit gebumerangt zu bekommen. Wo gab es einen Bäcker in der Wüste? Nirgends. Dafür gab es zwei Fische. Zwei Fische in der Wüste. Wie kamen die Fische in die Wüste? Und fünf Brote, waren bestimmt an Bäumen gewachsen, wie das süße Manna zur Zeit der Altväter. Machte 0,0004 Fische und 0,001 Brote pro Gast. Kein schlechter Schnitt, verglichen mit Menschen, die verhungern, weil sie weniger haben. Ihnen könnte man die zwölf Körbe geben, übriggeblieben. Nichts ist unmöglich. Wie viel Brote passen in zwölf Körbe?

Bestimmt mehr als fünf. Was für Fische waren es? Walfische? Vielleicht hatte einer der 5000 Gäste zufällig zwei Walfische bei sich. Exoten gab es schon immer. Mit zwei Walfischen ließen sich mehr als 5000 Menschen speisen. Und die Brote? Möglicherweise hatte sie ein Riese verloren, Gulliver oder ein Riese aus dem Land Kanaan, hatten die Altväter nicht über Riesen im gelobten Land berichtet? Oder doch ein Exot. Wollte mit den Broten ins Guinness-Buch. Sagen wir mal, jedes Brot 1 m hoch, 15 m lang und 3 m breit. Deshalb brauchten sie auch keine Stühle. Sie setzten sich einfach auf die Brote. Knabberten sich die angenehme Form eines Stuhles heraus, danach der Botschaft weiter zu lauschen.

Nichts ist unmöglich, überhaupt bei Brot. Werden wie die Kinder. Legst du ihnen ein frisches Brot hin, ist es im Nu weg. Aber bei altem Brot sind sie schon satt beim Anblick. Vielleicht waren die 5000 bereits geworden wie die Kinder. Allein ein Krümel reichte, aus mancherlei Gründen, vielleicht weil es ein alter Krümel war, dass sie satt waren.

Fünf Brote und zwei Fische, es war viel zu viel, wie sich herausstellte. Laden Sie 5000 Gäste ein, aber hüten Sie sich, vorher mehr als fünf Brote und zwei Fische einzukaufen. Es ist möglich, sie haben nicht genügend Körbe, den Rest aufzubewahren. Wer kann schon 5000 Gäste bei sich beherbergen? Wenige. Und das sind dann Gäste, die nicht auf Fisch und Brot stehen, höchstens auf Teile davon wie Kaviar. Davon bliebe dann allerdings nichts übrig. Es wäre unmöglich.

Es muss einen nicht traurig stimmen. Ich würde gern aus den zwölf Körben essen mit den Resten der fünf Brote und zwei Fischen, aus vielen Gründen, auch, weil er es in seiner Hand gehalten, weil er das Brot gebrochen hat, wie später beim Paschafest. Der Kaviarrest würde mir nicht liegen, wäre unmöglich, halte ich mir jedenfalls gedanklich vor Augen.

Was wäre, wenn 1000 Körbe übriggeblieben wären? Wie viele Hungrige könnten damit gespeist werden. Warum waren die 5000 Gäste so unersättlich, hätten sie nicht 1000 Körbe übriglassen können?

Arme gab es genug, zu allen Zeiten, er hatte es vorausgesehen. 1000 Körbe, denn nichts ist unmöglich.

Amen, Amen, ich sage euch: wer an mich glaubt, wird die Werke, die ich vollbringe, auch vollbringen, und er wird noch größere vollbringen. (Johannes 14:12)

Der Fernsehturm
Ist
Für den Bücherwurm
Der Antichrist.

8.
Biographie eines Baumes

Du bist also ein Baum, keine schlechte Vorstellung. Nicht am Anfang. Es bedeutete, winzig zu sein, nichts anderes als ein kleiner dunkler Samenfleck. Welche Baumsorte besaß die größten Samen? Wenigstens ein solcher Baum solltest du am Anfang sein, der größte unter den kleinen. Anderes ist am Anfang keine angenehme Vorstellung. Du willst die Welt sehen, nicht dort aufwachsen, wo deine Eltern groß geworden sind. Keine einfache Angelegenheit. Entweder sich als Samenkorn von einem Orkan wegtragen lassen, du könntest am Ende auf Steinen, in Wüsten oder im Wasser landen. Es wäre das Aus. Oder sich in einen verlausten Pelz einnisten, irgendein Tier, das dich kostenlos durch die Gegend trägt und mit anderem Unrat irgendwo abschüttelt. Noch angenehmer, als der letzte Reiseweg: Verspeist und irgendwann am Ende einer dunklen Röhre ausgespien. Mit anderem Unrat. Seltsam hatte es die Schöpfung eingerichtet, der Unrat war keine Beautypackung, aber immerhin die erste Wachstumspackung. Als Sprössling musst du gedeihen. Schnell und hoch. Die anderen werden nicht erfreut sein, dass plötzlich ein Fremder in ihrer Mitte auftaucht, von ihrem Boden, Licht, ihren abgezählten Sonnenstrahlen, ihrem Wasser nimmt, sich breitmacht. Du wärst nicht der Erste, der deshalb verkümmert, noch ehe er aufblüht.

Letztlich finden die Anderen, jahrelang zerstrittenen, wieder zusammen, bilden ein dichtes Schattendach, nicht, dich vor der Hitze der Sonne zu schützen, dir das Luftkohlendioxyd zum Atmen zu verwehren. Hast du erst einmal Wurzeln gefasst, kannst du sowieso nicht mehr woanders hin. Alle Wege sind versperrt, alle Wege führen auf dich zu, damit jeder über dich hertrampeln kann.

Es macht stark, sagen einige, ich weiß nicht, ob sie selbst in dieser Situation waren.

Langsam kommen Freunde, hast du dich erst einmal durchgesetzt. Nur nicht zu früh gefreut. Sie wollen nichts anderes, als an dir hochklettern, um größer als du zu werden, auf diese Weise vom Licht zu bekommen. Natürlich müssen sie auf ihrem Weg von etwas leben, halten sich mit ihren tausenden Greiferchen an deiner Rinde fest, den köstlichen Lebenssaft, das Wasser, von dir selbst mühsam aus der Tiefe nach oben transportiert, abzuzapfen.

Und dann kommt einer und fängt an herumzuhämmern, Löcher und Narben in dich hineinzuschlagen. Zuerst vibriert es so schön, wie eine Massage, doch ehe du dich versiehst, bleibt eine hübsche Narbe zurück und du kannst dich mit deinen steifen Astarmen nicht wehren. Auch nicht beim Sturm. Wenn die anderen plötzlich zeigen, wie beugsam, pardon biegsam, sie sind, sich ducken, damit dich die volle Wucht des Orkans trifft.

Manchmal ist es gefährlich, steif und aufrecht zu stehen. Andere freuen sich vielleicht an diesem erhabenen Anblick, was hast du von ihrer Freude, oder stellen sie sich denn vor dich, wenn der Sturm kommt, damit du weiter aufrechtstehen kannst?

Irgendwann hörst du lautes Knallen, Motorsägen, die wie ein schrecklicher Krieg viele deiner Freunde niedermähen. Sie tun es für einen guten Zweck und nennen es Hege. Lass dich nicht von ihnen hegen oder willst du als Blatt Papier enden, mit Lügen bedruckt, zu anderem benutzt?

Warum bist du trotzdem ein Baum geworden? Fehlende Alternative? Schlicht aber normal.

60 % schätzt du? 60 % deiner Zeit verbringst du mit Dingen, die dir nicht gefallen, weil, es gibt keine Möglichkeit, das zu tun, was du willst.

Weil du dich nicht sorgen musst. Kannst dein ganzes Leben am selben Platz bleiben, trotz allem wohl beschützt im Kreis des Waldes, einer von tausenden, hebst dich nicht ab, Sonne, Luft, Wasser, bekommst alles frei Haus geliefert, ohne dich bewegen zu müssen.

Andere Gründe? Wegen des Paradieses?

Noch heute wirst du mit mir im Paradies sein. Es gilt nicht für einen Baum, ich meine das Heute. Ein Baum braucht länger, kommt er überhaupt dorthin. Nur Bäume kommen ins Paradies. Weil dort der Baum des Lebens steht. Was für ein Paradies, wo überall dasselbe steht. Wegen der Früchte? Du hast nichts davon. Bemühst dich, jahrein, jahraus, bis jemand kommt, deine Früchte nimmt. Wegen des Glaubens? Nun nimmst du mich auf den Arm. Glaube und glauben können Berge versetzen. Habe noch keinen Baum gesehen, der einen Berg versetzt hat. Sucht kann Berge versetzen, das Verlangen für eine einzige Zigarette, du wärst nicht der Erste, der dafür einen ganzen Sandberg umschippt, versetzt.

Mit dem Himmel ist es wie mit einem Senfkorn, das ein Mann auf seinem Acker säte. Es ist das kleinste von allen Samenkörnern, sobald es aber hochgewachsen ist, ist es größer als die anderen Gewächse und wird zu einem Baum.

(Matthäus 13:31,32)

Wenn sich Erde und Himmel verloben
Entsteht ein Regenbogen.

9.
Palastiger Fuchsbau

Ein äußerst wichtiger Termin. Mit Sicherheit der entscheidendste in seinem Leben. Märchen aus 1001 Nacht oder Sechser im Lotto. Die Vergleiche reichten nicht. Lizenz zum Geld drucken, Goldgrube kamen der Bedeutung bereits näher. Seit zwei Stunden machte er sich zurecht, seine Frau seit vier Stunden, nicht, dass sie es nötig hatte, er wollte es, es beruhigte ihn, die Vorstellung, selbst die letzte störende Kleinigkeit an der Fassade seiner Frau weggeputzt, potemkinscht übertüncht zu wissen. Entscheidung war manchmal nicht seine Stärke. Die Auswahl der Manschettenknöpfe, seit 20 Minuten wechselte er sie unentwegt aus. Schließlich kniff er die Augen zusammen und entschied, die Manschettenknöpfe zu tragen, die er wie aus einer Lostrommel zufällig zog. Einfach der Plan. Einleuchtend die Idee. Aber nicht von allen Seiten beleuchtet. Er zog zwei verschiedene. Was tun? Sich selbst, der eigenen Entscheidung, treu bleiben? Wer guckte schon gleichzeitig auf beide Hemdsärmel. Niemanden würde es auffallen. Risiko, es kam ihn dennoch gewaltiger vor, schrecklicher als der Absprung ohne Fallschirm. Er hatte eine Abmachung mit sich selbst. Dann durfte er sie auch brechen. Wer sollte ihn bestrafen? Er selbst? Leise lachte sein Kehlkopf auf. Er entschied sich für einen der beiden Manschettenknöpfe und suchte das Pendant heraus. Zwei Stunden, durchfuhr es ihn. Sie wollten zwei Stunden vorher abfahren, obwohl die Fahrt keine vierzig Minuten dauerte. Sicher ist sicher. Und es blieben nur noch zehn Minuten. Zehn Minuten bis zwei Stunden, zwei Stunden und zehn Minuten bis zum Supergau, im positiven Sinn.

Er würde eine formvollendete Verbeugung vor dem Staatspräsidenten hinlegen, hatte es extra mit einem Schauspiellehrer geübt, dazu einen Handkuss auf die Frau des Staatspräsidenten hauchen. Dieser Kuss konnte Millionen wert sein, alles musste stimmen, Abstand, Temperatur der Atemluft, Feuchtigkeitsgehalt, bloß kein versehentliches Tröpfchen Speichel, die Vorstellung ließ ihn vor sich selbst ekeln.

In zehn Minuten fahren wir ab, rief er seiner Frau ins Nebenzimmer zu. Sie reagierte nicht. Er warf sich den Frack über und ging nach nebenan. Sie stand fast hüllenlos vor dem Spiegel. Er wusste nicht, welche Reaktion die angemessenste war. Eine Explosion, ein Sturm, Gewitter mit Orkanböen?

Im letzten Moment brach er ab. Schönheit kommt von innen, dachte er. Nicht der passende Augenblick für ein Drama, es würde seine Frau aufwühlen und die vierstündige Maskerade würde im Sturm seiner Worte fortgespült.

Brauchst du Hilfe?, fragte er. Seine gereizte Stimmung war nicht herauszuhören.

Bin gleich fertig, sagte sie. Und schaffte es. Pünktlich fuhren sie ab. Oscar-Preisträger erschienen zur Preisverleihung nicht weniger herausgeputzt. Die Sonne verblasste in ihrem Glanz und zog sich beschämt hinter dicken Wolken zurück.

Sie kamen viel zu früh an. Warten. Über eine Stunde im Auto sitzen. Sie sprachen kein Wort. Eine Stunde schwiegen sie. Mit sich, mit ihrer Umwelt, mit ihren Gedanken, mit ihrem Denken. Um sie herum war nichts, eine schwarze Lehre, gefüllt mit Dynamitstaub, ein falsches Wort, alles würde in die Luft gehen, explodieren.

Dann war es soweit. Er setzte den Motor in Gang und sie fuhren das letzte kleine Stück. Das Tor war verschlossen. Am Ende eines endlosen

Kiesweges erkannten sie die Ausläufer des Anwesens. Er hatte nicht damit gerechnet, dass der Weg noch so weit war. Durften sie nicht vorfahren würden sie es zu Fuß nicht rechtzeitig schaffen. Schweiß rann ihm die Stirn hinunter. Verspätung. Nicht auszudenken. Eine Sekunde. Es wäre eine Katastrophe, das erwartete große Erdbeben von Kalifornien, kurzerhand abgelaufen in seinem Leben, im Bruchteil eines Augenblicks. Die Chancen, Gelddruckmaschine, sorgenfreies Leben, Goldgrube, weggeblasen in einem Augenblick.

Durch seine Gedankenversunkenheit bemerkte er nicht, dass der Pförtner neben dem Auto stand. Er war aus seinem Häuschen neben dem schmiedeeisernen Tor gekommen. Er betätigte die Fensterheber in negativer Richtung, die frische Abendluft tat gut.

Mister Bernardino, wie ich annehme?

Er nickte. Ein Wort bekam er nicht heraus. Seine Innereien waren nicht mehr feucht-spiegelnd, sie waren vertrocknet, eine sprachlose Wüste.

Ich soll Ihnen dieses Schreiben geben, Mister Bernardino. Der Staatspräsident lässt sich entschuldigen. Er bedauert es zutiefst.

Mit zitternden Händen nahm er den Brief entgegen. Der Pförtner wollte nicht weichen. Er blieb am Wagen stehen.

Mister Bernardino, der Staatspräsident möchte, dass Sie das Schreiben sofort lesen.

Sofort, wiederholte er. Unsicherheit quoll in seiner Stimme, sein ganzer Körper war voll davon.

Nach zwei Minuten hatte sich seine dunkle Mine aufgehellt. Zufriedene Lächelwogen rollten über die Falten seines Gesichtes.

Nun sag' endlich, was drin steht, bohrte seine Frau.

Er, er, er hat mich zum Staatssekretär ernannt, nicht irgendein Stadtsekretär. Ich werde seinem Büro vorstehen.

Und Mister Bernardino, darf ich dem Präsidenten mitteilen, dass Sie annehmen?

Der Pförtner hatte sich ein weiteres Mal bemerkbar gemacht.

Sagen Sie ihm, es ist für mich eine Ehre, eine barmherzige Ehre, mich, mein Leben, meine Seele, in seinen Dienst stellen zu dürfen. Ich werde mein Bestes geben.

Der Pförtner hatte mit dieser Antwort gerechnet. Er griff in seine Tasche und zog einen Schlüssel ans Abendlicht.

Für ihre Dienstvilla. Ab sofort sollen sie in der Upperstreet 1 wohnen.

Upperstreet 1, wiederholte er ungläubig. Jeder kannte das Anwesen. Mindestens 30 Zimmer, 15 Bäder, ein riesiger Speisesaal, Herrenzimmer alter Prägung, mehrere Salons, Bibliothek, im Untergeschoss Fitnessräume, Schwimmbad, Sauna, hinter dem Haus auf dem riesigen Areal ein überdachter Tennisplatz. Endlich wusste er, warum er immer hundertprozentig loyal gewesen war. Es zahlte sich aus, damals ein Anhänger des Präsidenten gewesen zu sein. Allein das Haus rechtfertigte im Nachhinein seine Unterwürfigkeit, kein Haus, keine Villa, vielmehr ein Anwesen, schlossähnlich, zwanzig Häuser, mindestens zwanzig normale Häuser konnte man in dieses Schloss packen und es würde immer noch genug Platz sein, das Haupt zu betten.

Die Füchse haben ihre Höhlen und die Vögel ihre Nester, der Menschensohn aber hat keinen Ort, wo er sein Haupt hinlegen kann. (Matthäus 8:20)

Alle Fragen
Haben
Eine Antwort.
Doch den Ort,
Wo sie versteckt sind
Findet manchmal nur ein Kind.

10.
Gerichtegleichstand

Wir sollten vier Plätze mehr bestellen.

Vier Plätze, kommt es nicht zu teuer?

Etwas schon. Mir ist aber zu spät eingefallen, dass wir die Yellstones und Myers vergessen haben.

Yellstones, sie haben uns nie eingeladen.

Du hast Recht. Aber ihre Eltern haben meine Eltern oft eingeladen. Als Kind war ich viel bei Ihnen. Letzten Monat fand ich das Tagebuch meines Vaters.

Du hast das Tagebuch deines Vaters gefunden? Warum hast du nichts davon erzählt?

Entschuldige bitte, ich vergaß es. Hier, sieh mal. 16:15.

War dein Vater Footballspieler?

Nein. 16:15 für die Yellstones. Beim Lesen habe ich eine Strichliste geführt. Yellstones haben uns 16 Mal eingeladen, wir sie nur 15 Mal. Mein Vater hatte noch ein Essen geplant. Er starb ganz plötzlich.

Ja, ich weiß. Und nun meinst du...

Genau, sie haben noch eine Einladung gut. Dann ist es ausgeglichen. Wieder in der Waage.

Naja, wenn du meinst.

Ich denke, es ist richtig. Wir können es nicht den Kindern aufbürden. Morgen ruf ich im Restaurant an und bestell vier zusätzliche Plätze.

Gut. Ich meine mit Yellstones. Aber warum die Myers. Wir waren nie bei ihnen zu Besuch.

Die Myers sind wichtig. Er arbeitet bei Hapoylo Company. In zwei Jahren werde ich so weit sein, mich dort zu bewerben.

Verstehe.

Ja, ich weiß nicht genau, welche Position Myers bekleidet. Mit ein bisschen Glück kommen wir ins Gespräch. Spätestens beim nächsten Mal.

Wie meinst du das?

Heute lade ich Myers ein, dann muss er mich auch einmal einladen. Ganz einfach, oder? Wieder eine Verbindung mehr geknüpft. Für unser Sicherheitsnetz. Wir können nicht mehr abstürzen.

Nun gut, vier Plätze zusätzlich. Das ist o.k.

Mir kam noch ein Gedanke.

Mach es nicht so spannend.

Bei der letzten Einladung bei Richetsons, erinnerst du dich?

Nein, es waren zu viele Termine.

Richetsons haben dieses große Haus mit dem Riesenswimmingpool im Garten.

Ja, ich weiß.

In der Mitte hatten sie eine kleine Pontonbühne aufgebaut, für ein paar Musiker. Musik direkt vom Wasser.

Ach ja, ich hatte es vergessen. War eine tolle Stimmung.

Und rundherum die Tanzfläche. Der Tanz auf dem Wasservulkan.

Klasse Idee.

Alle kamen aus dem Staunen nicht mehr heraus.

Da können wir nicht mithalten. Vielleicht in zwei, drei Jahren, wenn du bei Hapoylo anfängst und wir uns ein größeres Haus leisten können.

Wir müssen nicht dasselbe machen. Es wäre geschmacklos.

Was hast du vor?

Ich habe dir früher von Richie erzählt, meinem besten Schulfreund. Er arbeitet als Aktionskünstler in Las Vegas. Eigene Show. Ist groß herausgekommen. Hab schon mit ihm gesprochen. Er würde kostenlos eine Vorstellung geben. Wir müssten nur die Saalmiete für einen zusätzlichen Raum im Restaurant und die Transportkosten aufbringen.

Transportkosten?

Er arbeitet mit weißen Tigern. Die Genehmigung bei der Behörde erledigt er selbst. Möchte die Gesichter der Richetsons sehen, wenn wir die weißen Tiger auffahren.

Wie viel kostet es?

Wir werden einen kleinen Kredit aufnehmen müssen. Es ist die Sache wert. Danke an Hapoylo Company. Myers wird uns eine Gegeneinladung aussprechen. Ich ließ so nebenbei anklingen, dass ich an einer beruflichen Veränderung interessiert bin. Wenn ich bei Hapoylo anfange, können wir den Kredit mit links abzahlen.

Was soll ich sagen. Du musst wissen, was richtig ist. Hast du eigentlich Millers auf der Gästeliste?

Millers, nein.

Warum nicht?

Wir haben mit ihnen keine Einladung mehr offen. Ich glaube sogar, wir haben sie öfter bei uns gehabt als umgekehrt.

Millers könnten es gebrauchen.

Warum?

Er ist arbeitslos geworden. Und sie haben sich verspekuliert, an der Börse, verstehst du?

Du meinst, Millers sind pleite?

Soweit ich weiß, ja.

Das ist schade. Doppelt schade.

Wieso doppelt?

Sie passen nicht in den Kreis. Überleg mal. Myers spricht zufällig mit Miller. Na, wie geht es Ihnen, was machen Sie beruflich, wie für hunderttausende Dollar verdienen Sie im Jahr, eben das übliche Blabla. Und Miller kann nur antworten: Nicht gut, mir geht es nicht gut, keine Arbeit, kein Vermögen mehr, gerade das Haus verkauft. Myers muss denken, wir haben aber seltsame Leute in unserem Bekanntenkreis.

Weißt du eigentlich, was du da redest?

Ziemlich genau. Lass uns die Millers mal privat einladen. Nur sie und wir, kleine Runde. Du machst ein paar Pizzas und wir unterhalten uns ein wenig. Mehr können wir uns sowieso im Augenblick für andere nicht leisten. Der Kredit für die Tiger. Die Saalmiete. Du verstehst?

Wir können ja auch warten, bis die Millers obdachlos geworden sind. Sprechen Sie auf der Parkbank an, gehen mit ihnen in einen

Schnellimbiss und füttern sie dort ab. Das kommt noch billiger, schloss sie bissig.

Wenn du mittags oder abends ein Essen gibst, so lade nicht deine Freunde oder deine Brüder, deine Verwandten oder reiche Nachbarn ein; sonst laden auch sie dich ein, und damit ist dir wieder alles vergolten. Nein, wenn du ein Essen gibst, dann lade Arme, Krüppel, Lahme und Blinde ein. Du wirst selig sein, denn sie können es dir nicht vergelten; es wird dir vergolten werden bei der Auferstehung der Gerechten.

(Lukas 14:12-14).

Manche zeigen
Beim Weinen
Nicht
Ihr wahres Gesicht.

11.

Gebauter Ruin

Wir können es nie gutmachen. Das Schlechte kann man nicht in Gutes verwandeln. Eine verdorbene Wurst in eine wohlschmeckende verwandeln, unmöglich, höchstens durch Täuschung, Betrug, es bleibt das Verdorbene in der Ware, selbst wenn es unkenntlich geworden ist. Unsere Aufgabe ist nicht das Wiedergutmachen. Die Väter haben es verschuldet. Sollen wir dafür aufkommen?

Gedanken kamen ihn in den Sinn, die er nicht gerufen hatte. Hauptaufgabe war doch, den Überlebenden des Terrors zu helfen. Soweit es ging, Schaden ausgleichen. Waren die Überlebenden von dieser Erde gegangen, erlosch dann nicht diese Verantwortung? Nur zum Teil. Blieb nicht die Schuld, dafür Sorge zu tragen, dass sich Vergleichbares nie mehr ereignen würde? Das war der zweite Teil der Verantwortung, sich selbst, den eigenen Kindern gegenüber, den Opfern sowieso.

Dafür wurde ein Gebäude geplant. Ein Denkmal. Mahnmal für alle Zeiten. Weithin sichtbar, noch weiterhin hörbar, unübersehbar, ob einer wollte oder nicht. Wochen, Monate, Jahre vergingen, vergingen von der Idee bis zur Einsicht, von der Einsicht bis zur Festlegung auf einen gemeinsamen Nenner, von der Festlegung auf einen gemeinsamen Nenner bis zur Planung, von der Planung bis zur Wahl einer Firma, unbefleckt sollte sie sein, Schnee auf dem Gipfel des höchsten Berges gleichen, von keiner Schuld berührt. In dem schrecklichen Durcheinander schaltete sich schließlich der Staatschef mit klaren Worten ein, Gräben zuzuschütten, das Wirrwarr zu entflechten, aus Idee Realität werden zu lassen.

Den Fehler bemerkten sie zu spät. Bei keinem der Schritte hatten sie, ja, sie hatten es wirklich vergessen, es war unglaublich, niemanden war es in den Sinn gekommen. Sie wären auch nicht darauf gekommen, wenn nicht eines Tages ein alter Mann um einen Besuch beim Präsidenten ersucht hätte.

Es war Wahljahr, der Präsident achtete es für günstig, auf die Alten Rücksicht zu nehmen. In seinem gewaltigen Büro saß er hinter einem Schreibtisch, dessen Ausmaße mindestens zehn Urwaldbaumriesen verschlungen hatten. Auf der Sonnenseite thronte der Präsident, für den

Besucher nicht gleich bemerkbar war sein Stuhl etliche Zentimeter erhöht. Gegenüber kauerte der alte Mann, eine brüchige Stimme, durch die der Atem von fürchterlichen Jahrzehnten geweht hatte.

Ich war dabei, sagte der Alte mit leiser Stimme. Eine Erwiderung bekam er nicht, vorerst nicht. Die Situation war seinem Gegenüber unangenehm.

Sie brauchen mir nicht viel Zeit zu schenken, fuhr der Alte fort. Etwas werde ich Ihnen zeigen. Dafür einige Momente ihrer Zeit.

Der Staatspräsident sah sich bemüßigt, in die Offensive zu gehen. Er zog eine Schreibtischschublade auf und entrollte eine riesige Zeichnung. Aufmerksam studierte er die Augen des anderen.

Wie gefällt Ihnen das, wenn man in diesem Zusammenhang überhaupt von Gefallen sprechen kann?

Jetzt schwieg der Alte. Seine weit zurückgewichenen Augen blieben starr. Vor ihm das Abbild eines gewaltigen Gebäudes, umringt von zahllosen Monumenten, erdrückend, in Stein gegossene Vergangenheit, dessen Anblick nie mehr aus den Köpfen verschwinden würde.

Wir werden dies bauen, sagte der Präsident. Als Gedenkstätte für alle Opfer, für Sie und die anderen. Millionen, wir brauchen Platz für Millionen Namen.

Der Alte erhob sich. Er stellte einen Karton auf den Schreibtisch und hob ein letztes Mal seine brüchige Stimme an.

Überlegen Sie es sich noch einmal. Sie brauchen ihre gewaltige Anlage nicht zu bauen. Das hier reicht.

Schweigend verließ er den Raum. Monate vergingen, die Bauarbeiten hatten begonnen, eine riesige Grube wie ein überdimensioniertes Grab war ausgehoben, die Fundamente in den Leib der Erde zu verankern. Die Wochen gingen ins Land. Mehrere Baufirmen hatten in der Zwischenzeit Konkurs angemeldet. Es gab ständig Streitigkeiten mit dem Architekten. Eine Debatte jagte die andere wegen der ausufernden Kosten.

An einem Abend, der Präsident saß in seinem Büro, fiel sein Blick auf die kleine Schachtel. Er hatte sie in eine entlegene Ecke seines Arbeitszimmers gestellt. Beim Öffnen kam ihm eine kleine Plastik entgegen. Ein Baum, nicht grün, obwohl die Umgebung den Sommer verriet, darunter saß ein kleines Kind. Nur einmal sah er in das Gesicht der Skulptur, die feinen Züge, noch nicht vom Lebensalter überzogen, trotzdem der Ausdruck eines Gesichtes, das alles Leid dieser Welt bereits gesehen hatte. Diesen Ausdruck würde er nie mehr vergessen. Im Karton lag ein abgerissener Zettel, das Papier alt, von einer Kinderhand beschrieben: „Ich habe unter der Erde gelebt. Und doch hat die Sonne geschienen."

Das Bauprojekt war weit fortgeschritten, aber es war nicht mehr zu retten. Baufirmen, Architekten, Politiker, alle waren heillos zerstritten. Am gravierendsten war der Geldmangel. Politisch war es in dieser Krisenzeit nicht durchsetzbar, weiteres Geld zu mobilisieren. So blieb die gewaltige Anlage als Ruine stehen, und viele liefen verwundert an ihr vorbei. Es war doch alles geplant, die Größe, die Kosten, das Material, Türen, Fenster, nun mussten sie mittendrin alles unvollendet stehen lassen.

Wenn einer von euch einen Turm bauen will, setzt er sich dann nicht zuerst hin und rechnet, ob seine Mittel für das ganze Vorhaben ausreichen?

Sonst könnte es geschehen, dass er das Fundament gelegt hat, dann aber den Bau nicht fertigstellen kann. Und alle, die es sehen, würden ihn verspotten und sagen: Der da hat einen Bau begonnen und konnte ihn nicht zu Ende führen. (Lukas 14:28-30)

Viele vergleichen
Was sie erreichen
Und verzeichnen
Am Schluss
Immer einen Verlust.

12.
Die blinde Führung

John Smith atmete tief durch. Der erste Urlaub, seit zehn Jahren. Zehn Jahre Arbeit, hart, unerbittlich, Widerstände karaten, Gegner austricksen, Banken um den Finger wickeln. Zehn spannende, zehn erbärmliche, zehn normale Lebensjahre.

Die Firma lief endlich, sie befand sich in der richtigen Spur, bergauf, und sie lief von selbst. Wo gab es das. Eine Bahn, die ohne Antrieb bergauf lief. Nach zehn Jahren. Luftholen, tief, bis in die letzte Alveole, die Schwere der letzten Jahre aufsaugen und genüsslich in die flimmernde Hitze der afrikanischen Steppe fortblasen. Hier stand er, ein Großwildjäger, der seine erste Trophäe erlegt hatte, niedergestreckt von ihm, ein Ungeheuer in der Gestalt von zehn Jahren. Besser als ein geschossener Löwe, ein bezwungener Tiger, er hatte das schwierigste erlegt, seine Vergangenheit.

Morgen wird er einen Wildhüter aufsuchen, gemeinsam werden sie zwei Wochen auf Safari gehen. Im Dschungel der Großstadt kannte er sich bestens aus. Sein Geschäft: ausgefallene Sightseeing-Touren, auf nicht ausgetretenen Pfaden, Slums durchqueren, Hafenbezirke streifen, durch Rotlichtviertel zwitschern, ausgefallene Bars hochnehmen, alles kein Problem für ihn. Im Fernglas betrachtete er die Steppe. Plötzlich tauchte ein Löwe in seinem Blickfeld auf. Groß, majestätisch, in Zeitlupe gesetzte Schritte, er erschrak, Schritte direkt auf ihn zu.

Er riss das Fernglas runter und eilte zum Auto. Auch das Tier beschleunigte seine Schritte, für ihn nicht zu sehen, er hatte ihm den Rücken zugewandt.

Idiot, dachte er bei sich, warum fährst du am ersten Tag allein in die Wildnis. Hier laufen keine Mafiabosse herum, keine Zuhälter, keine ausgeflippten Typen, keine Gewaltverbrecher, er war im Herzen der wirklichen Gefahr, ein Blinder in der schwarzen Nacht, obwohl die Sonne auf sein kurzgeschorenes Haupt knallte.

Nachdem er ins Auto gestürzt war, hämmerte er wild auf die Verriegelung. Als ob ein Löwe die Tür öffnen kann. Die Raubkatze war ohnehin stehen geblieben. War sich wohl der Sinnlosigkeit des Unterfangens bewusst geworden. Außerdem, ein fettansetzender Großstadtzweibeiner, nichts als ein Snack an einem dreckigen Slumimbiss, verglichen mit dem Fünf Sterne Menü einer jungen Gazelle.

Der Löwe drehte ab, vielleicht wollte er lediglich ein bisschen Spaß haben, zeigen, wer Herr im Haus, Chef in der Steppe war.

John Smith startete den Wagen, seine Hände zitterten noch immer. Mit quietschenden Reifen fuhr er los, nicht davon, er steuerte direkt auf den Löwen zu. Das Tier regte sich nicht. Für eine lange Weile verharrte es regungslos. Unaufhaltsam erhöhte sich das Tempo des Jeeps. Erst jetzt drehte sich die Wildkatze und jagte über die Steppe. John Smith rieb sich verwundert die Augen. Der Löwe flüchtete nicht, er steuerte direkt auf ihn zu. Er hatte von einer Löwin gelesen, die eine Gazelle adoptiert hatte. Durchgeknalltes Tier. Aber doch nicht, gegen einen Jeep anzukämpfen. John Smith trat in die Bremsen, gewaltig, ein Vorschlaghammer, das Auto heulte auf und begann zu schlingern. Smith wurde nach vorne geschleudert. Sein Kopf berührte die Windschutzscheibe, die Augen nach vorn gerichtet, durch das Glas, starrte er direkt in die Augen des Löwen. Dann war das Tier verschwunden - mit einem gewaltigen Satz über das Auto hinweg, noch in der Luft eine feuchte Duftmarke als Siegeszeichen absetzend, er sah im Rückspiegel, wie sich der Löwe langsam in der Deckung der Wildnis auflöste.

John Smith war nichts anderes als ein Blinder, er brauchte den besten Wildhüter, so viel stand fest. Er machte es fest. Am nächsten Tag. In der Hauptstadt. Ließ sich einfach von seinem Instinkt leiten und lief schnurstracks ins erste Büro, an deren Tür er einen Hinweis auf Safaritouren fand.

Der Mann war kaum älter als er, die Haut durchgegart, knusprig, braun, darüber Strohhaare, eine tiefe, whiskygetränkte Stimme. Nicht unbedingt sympathisch, darum ging es nicht. John Smith brauchte den anderen, um jede Sekunde seines Urlaubs auszukosten, indem er die afrikanische Steppe auf den Kopf stellte. Sie waren sich schnell einig. Der Preis für zehn Tage war angemessen, inklusive Ausrüstung und Geländefahrzeug. Der Aufbruch sollte in zwei Tagen erfolgen, damit sich John Smith bis dahin ausreichend akklimatisieren konnte.

Dann war es endlich soweit. Mit 80 km/h rasten sie über das dürre Gras, dicke Staubwolken säend, aus allen erdenklichen Winkeln krochen aufgeschreckte Tiere und flüchteten. Zwei Tage lang jagten sie durch das Terrain. John Smith hatte sich den Abschuss eines Löwen erkauft.

Bryan, es war der Name des Safariführers, wunderte sich über seinen seltsamen Kunden. Fast stündlich bekamen sie ein prächtiges Tier vor die Flinte. John Smith drückte nie ab. Er wartete. Auf den Löwen, der ihn vor Tagen so düpiert hatte. Die Augen. Sofort würde er sie wieder erkennen. Und dann abdrücken. Ein Schuss zwischen die Augen, im selben Moment, wenn sich das Vieh erdreistete, ein zweites Mal über sein Auto zu springen.

Am dritten Tag entdeckten sie das Tier. Eher zufällig. Sie waren ein wenig früher aufgebrochen und kamen an einer Wasserstelle vorbei. Die Raubkatze ruhte im Schatten eines Baumes. Das Motorengeräusch war ihr vertraut, sie machte keinerlei Anstalten, zu fliehen. Erst als John Smith das Gewehr hob, sprang der Löwe auf und - unerwarteterweise - stürmte er nicht auf das Auto zu sondern flüchtete.

John Smith stand aufrecht und visierte den fliehenden Pelzling. Bryan holte aus dem Geländewagen das letzte heraus. Die Vegetation wurde dichter, immer seltener tauchten die Silhouetten des Löwen im Buschgras auf.

Auf einmal gab es einen gewaltigen Knall. Ungebremst war das Auto in eine Grube gestürzt, in der es von Schlangen und Skorpionen wimmelte. Es dauerte, bis sich die Männer vom Schrecken erholten. John Smith sprach als erster.

Ich dachte, Sie kennen das Gebiet wie ihre Westentasche, sagte er aufgebracht.

Der Safariführer blickte ihn mit weit aufgerissenen Augen an, Angst, Schrecken, Unruhe, alles spiegelte sich in seinen Blicken.

Ich glaube, ich muss Ihnen etwas gestehen, sagte er mit zitternder Stimme. Es ist meine erste Tour.

Es ist was? schrie John Smith.

Meine erste Tour. Bin eigentlich Maschinenschlosser. Seit einem Monat ohne Job. Irgendetwas muss man doch machen.

John Smith sah von unten die Wände der Grube hoch. Er wähnte sich in den Händen des besten Wildhüters und fand sich in einer dunklen

Schlangengrube wieder. Die Grube, das Ende seines Urlaubs, der erste seit zehn Jahren, begraben in einer Grube.

Lasst sie, es sind blinde Blindenführer. Und wenn ein Blinder einen Blinden führt, werden beide in eine Grube fallen. (Lukas 15:14)

Wer
In die Grube fährt,
Kehrt
Zum Glück
Unsterblich zurück.

13.
Glänzender Schein

Der Krieg war vorbei. Ein unerwünschter Besucher, der endlich weitergezogen war. Überfällig. Seine Abreise. Es gab ohnehin kaum noch etwas zu holen. Schutt und Asche das meiste, kein Wasser, es fortzuspülen, den vielen zerborstenen Dreck, eine üble Lache, die sich überall breitgemacht hatte. Eine Kanne Wasser. Eine Kanne am Tag. Für eine Familie. Mehr wurde nicht zugeteilt.

In den Seen und Flüssen, in Teichen und Bächen, überall verwesende Leichen, ausgespuckt vom überfressenden Krieg. Sie waren Schiffbrüchige der Zeit, überall Wasser, Vergangenheit, trotzdem waren sie am Verdursten. Eine Kanne Wasser. Hier blieb die Wahl, wofür sie benutzen? Zum Trinken? Der Körper konnte dursten und sich das Wasser aus dem kärglichen Essen herausziehen. Zum Waschen? Für wen wollte man schön sein. Die Toten gucken einen nicht mehr an. Zum Zähneputzen? Fragen über Fragen.

Er hatte eine kleine Selbstständigkeit aufgebaut. Die Leute mussten trinken. Kein

Wasser. Alkohol. Was noch erhalten war, galt es zu konservieren. Das Wasser war viel schwieriger zu organisieren als der Alkohol. Einmal dachte er bereits daran, sich aus dem Alkohol das Wasser herauszudestillieren. Es war letztendlich zu mühselig. Langsam wuchs der Anspruch. Am Anfang. Solange die Sinne klar waren. Was nichts anderes bedeutete:

Die Gläser mussten sauberer sein. Sonst blieb die Kundschaft weg. Die Zeit wandelte sich, der Abstand zum Krieg war größer, die Ansprüche wuchsen mit dem Abstand, beinahe exponentiell. Selbst Lippenstift gab es wieder, er fand die Spuren am Rand der Gläser.

Nur das Wasser blieb knapp. Er tauschte. Wasser gegen Zigaretten, Wasser gegen alles Mögliche. An den vollen Gläsern verdiente er viel mehr. Nur mussten sie sauber sein.

Er überlegte. Die Fläche der Gläser war von innen kleiner als außen. Es sprach dafür, nur das Innere zu säubern. War auch wichtiger. Was machte es, wenn außen Schmutz war? Natürlich machte es etwas aus, viel, sehr viel sogar.

Die Leute würden nicht wiederkommen. Aus schmutzigen Gläsern trinken – es hatte niemand mehr nötig. Außerdem Alkohol, er desinfizierte.

Die Bakterien, der Schmutz im Innern des Glases, es war egal, der Alkohol würde allem ein Garaus machen. Und die Gläser waren matt, getönt, die Innenfläche nicht durchscheinend, außen sahen die Leute den Dreck, innen nicht, was nicht sichtbar war, gab es nicht.

Deshalb spülte er die Gläser nur außen, es sparte Wasser, fast die Hälfte, und die Leute kamen in Scharen, angelockt vom Alkohol, angezogen vom äußeren Glanz der Gläser.

Weh euch Schriftgelehrten, ihr Heuchler. Ihr haltet Becher und Schüsseln außen sauber, innen aber sind sie voll von dem, was ihr in eurer Maßlosigkeit zusammengeraubt habt. Macht den Becher zuerst innen sauber, dann ist er auch außen rein. (Matthäus 23:25,26)

Das Paradies
Liegt
Im himmlischen Süden,
Wo ewig Kinder spielen.

14.

Die erbebte Leere

Eine Welle, gewaltige, tiefe Schwingungen, direkt aus dem Inneren der Erde. Kaum war sie an das verdämmernde Tageslicht erschienen, wälzte sie sich über den Erdboden zum Strand, wo das Wasser unruhig auf- und niederschwappte. Die unvorstellbaren Wellenberge zerschmetterten alles, was sich ihnen entgegenstellte. Kleine flache Häuser, in Mulden geduckt, danach nichts anderes als ein schmales Blatt Papier. Viele hatten sich bereits zur Ruhe gelegt, andere saßen beim gemeinsamen Abendbrot, wieder andere lagen beieinander. Über alles raste die Druckwelle hinweg, presste übereinanderliegende Körper ineinander, zusammen, zerschmetterte schlafende friedliche Träume, riss verwirrtes Leben mit sich und ließ die alten Körper leblos zurück.

Kurz darauf schwappte der Ozean in einer kilometerhohen Fontäne über die Stadt hinweg, für einen Augenblick war das Meeresbecken vollständig leer, alles Wasser über die Stadt getürmt, nicht einmal der Bruchteil einer Sekunde und es war vorbei.

Die zerstörten Häuser fortgespült, totes, verletztes, krankes Leben, junges und hohes Alter, fort, mitgerissen von der Flut. Entblößt lag der Flecken Erde vor der Bergkette, wie am Tag vor der Schöpfung, unberührt, gestaltet von der Urkraft der Zerstörung, darauf wartend, was danach kam.

„Gebt acht, lasst euch nicht erschrecken. An vielen Orten wird es Erdbeben geben."

(Matthäus 24:67)

Sie kauerte in einer Erdhöhle, weit zurückgezogen von den anderen. Draußen schlug die Sonne breite Schneisen durch die Luft, versengte Bäume, vertrocknetes, stinkendes menschliches Leben pflasterte den Weg ihrer Bahn. Der Himmel glühte. Vor einem hellen Blau vibrierte die Luft, steckte ein menschliches Wesen den Finger in diese Glut, versenkten augenblicklich Stücke der Haut. Von weitem drang das jämmerliche Blöken der verdurstenden Tiere, ein Stoßgebet an die Wolken, die irgendwo hinter diesem endlosen glühenden Blau waren, etwas von ihrem kostbaren Nass hinunterzuschütten. Vergebens. Nichts rührte sich am Firmament. Nicht einmal ein kühler Luftzug bewegte sich über das Land.

Die Frau hatte sich in den äußersten Winkel der Erdhöhle verkrochen. Ihr Körper war zu großen Teilen entblößt und sie lehnte mit großen Teilen ihrer nackten Haut gegen die feuchten kühlen Wände der Höhle, sich etwas von ihrer Frische auf ihren Körper zu übertragen. Vor Tagen waren ihre Augen weit hervorgetreten, Fischaugen, um rundherum einen Rest an Essbarem zu finden. Umsonst. So hatten sich die Pupillen verengt und die Augen weit in ihre eigenen Höhlen verkrochen. Der Bauch schmerzte, sie spürte den Magen, der sich stetig, unablässig von innen nach außen fraß. Bald würde er seine Fratze nach draußen stecken, selbst auf die Suche nach Nahrung zu gehen. Mit einem scharfen Stein fügte sie sich am Arm Verletzungen zu, den Schmerz der Eingeweide zu überdecken. Jeder Schmerz schien ihr erträglicher als das wütende Stechen ihrer seit Tagen hungernden und dürstenden Gedärme. Immer öfter vernebelten sich die Sinne. Der Eingang zur Höhle öffnete sich, Pflanzen, prächtig geschmückt mit prallen, roten Früchten, bewegten sich auf zwei Beinen auf sie zu. Tief verneigten sie sich vor ihr, sie brauchte nur ihre Arme ausstrecken, die Hand heben, es fehlte die Kraft, keinen Millimeter

96

konnte sie sich, irgend einen Teil des Körpers, bewegen.

Die Pflanzen verzogen verwundert ihr Gesicht, machten kehrt und verließen wieder die Erdhöhle. Was war das? Ein Wunder! Einer der seltsamen Gäste hatte ein Stück Brot liegen gelassen. Das milde Braun des gebackenen Getreides legte sich beruhigend auf ihr Inneres. Sie spürte dadurch Kraft in sich aufkommen, langsam, gewiss aber immer mehr. Das Leben stieg von oben zurück in ihren Körper. Ihre Lippen bewegten sich, Speichellachen sammelten sich in ihrer Mundhöhle, die Arme erhoben sich, der ganze Körper wurde plötzlich von einem gewaltigen Sturm erfasst und sie stürzte sich nach vorn, auf das verlassene Stück Brot.

Seit wie vielen Tagen der erste Lebensgruß. Wie viele Tage, wie viele Wochen, sie wusste es nicht. Behutsam stülpte sie ihre ausgetrockneten Lippen über die Kruste, hart war das Äußere, dann presste sie mit aller Gewalt ihre Zähne hinein, ihrer Beute ein Stück Leben herauszureißen. Minutenlang kaute sie, dem Wahnsinn nahe, auf der Baumrinde herum, ihr Verstand, die aufgesprungenen Lippen, der bohrende Schmerz, kein Teil ihres Körpers wollte es wahrhaben. Sie am aller wenigstens.

„Gebt acht, lasst euch nicht erschrecken… An vielen Orten wird es Hungersnöte geben."

(Aus Matthäus 24:67)

Das Paradies
Liegt
In Räumen,
Wo das Träumen
Zur Realität
Gerät.

15.
Kalte erhasste Liebe

Dann werden viele zu Fall kommen und einander hassen und verraten. Und die Liebe wird in Vielen erkalten.

Der Raum war ein Abbild seiner Vorstellung. Vier Wände, kein Fenster, ein schnörkelloser Schreibtisch, zwei Stühle, auf jeder Seite des Tisches einer, in der Ecke ein dritter.

Nehmen Sie Platz.

Er nahm Platz, war ohnehin schon dabei, sein verlängertes Rückgrat auf den blanken Holzstuhl abzustellen.

Sie wissen, was ihre Aussage bedeutet?
Der Angesprochene schwieg.

Gut, fangen wir mit dem Ende an. Hier ist ein Blatt Papier. Leer, wie sie sehen. Setzen Sie Ihren Namen darunter.

Meinen Namen? Ich weiß nicht, was ich damit unterschreibe.

Haben Sie zu uns kein Vertrauen? Die Stimme des Mannes gewann an Schärfe.

Doch. Natürlich. Es ist nur. Meine Erziehung. Sie verstehen. Unterschreib nichts, was du nicht gelesen hast. Meine Eltern. Sie verstehen es doch. Es waren gute Menschen, Vaterlandsverbunden. Sie haben es mir mit auf den Weg gegeben.

Ihre Eltern haben uns nicht gekannt. Sie hätten Ihnen erklärt, dass sie uns blinder als irgendetwas vertrauen können.

Als er den Namen geschrieben hatte zog der Offizier das Papier zurück und betrachtete die Buchstaben.

Eine schöne Schrift. Sie müssen wirklich gute Eltern gehabt haben. Ordnung, Zucht, Disziplin, es spiegelt sich in ihren Buchstaben wider.

Er lächelte verlegen.

Also, sie heißen Peter Nuntius, fuhr der Offizier fort. Nun, Herr Nuntius. Wir müssen uns beeilen. Sie sind nicht der Einzige, der eine Aussage machen will. 30 warten noch. Allein für mich. Unsere Abteilung hat 20 Offiziere. 20 × 30, verstehen Sie? 600 Aussagen von Menschen über Menschen. Eine harte Arbeit, weniger für Sie als für uns.

Er schwieg und so nutzte der Offizier die Gelegenheit, für eine weitere Frage.

Sind Sie mit diesem Schrebenecz verwandt?

Wo denken Sie hin. Peter Nuntius verwahrte sich mit aller Entschiedenheit. Mit so einem Objekt!

Egal, unterbrach der Offizier. Sie glauben gar nicht, wie Viele Aussagen über Verwandte machen. Ich führe eine kleine Statistik darüber. 50 %, mindestens 50 % kommen wegen ihrer Angehörigen. Lassen wir das. Erzählen Sie einfach, was sie wissen.

Nuntius holte Luft, tief, sehr tief zog er die Worte aus seinem Inneren. Sie schnarrten als verrostete Ankerkette über seine Zunge, von zittrigen Wellen hin und her bewegt.

Ich mache es kurz, sagte Nuntius schließlich und griff tief in seine Tasche. Hier! Der Zettel. Dieser Schreberecz hat ihn in meinen Briefkasten gesteckt. Heimlich. Dachte, ich würde es nicht bemerken.

Der Offizier betrachtete das zerknüllte Papier. Dann stieß er einen leisen Pfiff aus.

Gute Arbeit, Nuntius, sagte er anerkennend. Die erste brauchbare Spur von diesen Gruppen. Schrebenecz ist einer von ihnen. Er wird uns zu den anderen führen.

Meine Belohnung, stotterte Nuntius, ich meine, gibt es etwas dafür.

Der Offizier winkte den Beisitzer heran. Der Mann verschwand für einen kurzen Augenblick und kehrte mit einer Lederschatulle zurück. Sie enthielt einen Orden.

Es ist mehr als Geld, stellte der Offizier fest. Gehen Sie am Tag damit durch die Straßen, Sie werden es bestätigt finden.

Eine letzte Frage richtete er an Nuntius:

Kennen Sie diesen Schrebenecz eigentlich?

Nuntius nickte.

Wir sind alte Schulkameraden. Es ist keine Diskrepanz zu dem, was ich vorhin angegeben habe.

Und Sie wissen, was mit ihm geschieht?

Ja, erwiderte Nuntius. Aber darauf kann ich keine Rücksicht nehmen.

Sie sind ein prächtiger Mann, schloss der Offizier die Unterredung. Ihr Herz sitzt am rechten Fleck. Sie setzen die Prioritäten, wie es sich gehört.

Nuntius heftete den Orden ans Revers, für alle gut sichtbar.

Der Offizier beachtete ihn nicht mehr. Er machte einen Strich in seinem Kalender und telefonierte mit dem Sicherheitsdienst. Es würde keine Stunde dauern, bis dieser

Schrebenecz wimmernd und jammernd vor ihm knien würde. Egal. Auch er verstand es, Prioritäten zu setzen.

Gebt acht, lasst euch nicht erschrecken. Dann werden Viele zu Fall kommen und einander hassen und verraten. Und die Liebe wird bei Vielen erkalten. (Matthäus 24:6,10,12)

Vergeben
Heißt, weiter zu leben.

16.
Zweizeitige Parallelhochzeiten

Die Kapelle hatte sich in einen Rausch gespielt. Schneller und schneller flitzten die Bögen über die Seiten, die Bläser schmetterten schräge Luft in ihre Instrumente, alle angetrieben vom Schlagzeug, dass die Musik wie einen Sturm vor sich hertrieb. Die Tanzfläche quoll über. Unzählige Beine schwankten übers Parkett, von der Musik elektrisiert, gegen den schwankenden Rhythmus des reichlich genossenen Weins ankämpfend.

Welch ein Fest. Die Ausgelassenheit kannte keine Grenzen. Strahlende, lachende, jubelnde Gesichter, rot, pausbäckig, glühende Augen, schweißdurchtränkte Hemden. Es war zweifellos der Höhepunkt in der Geschichte des Ortes, seit Menschengedenken hatte es ein ähnliches Fest nicht gegeben und ein vergleichbares würde schneller nicht wiederkommen.

Wer weiß, vielleicht war es die berauschendste Hochzeit, die das Land gesehen hatte.

30 Lämmer geschlachtet, dufteten auf riesigen Silberschalen vor sich hin, zerlegte Ochsen und Schweine, Spanferkel, nicht zu zählen, Berge von

Brot, Obst, Gebirge aus Käse und ganze Seen gefüllt mit schwerem süßem Wein. Welch ein Fest. Zwischen den Tänzen hetzten die Anwesenden zu den Tischen, stopften von den Köstlichkeiten in sich hinein und spülten mit einem ordentlichen Maß Flüssigkeit hinterher. Dann zurück auf die Tanzfläche. Mit anderen Partnern, hin und wieder eng umschlungen, die Augen ineinander verglühend.

Auf einmal verstummte die Musik. Es war so abgesprochen. Für einen Moment Stille, kein Ton, kein Grinsen, kein Schmatzen, kein Schlucken, kein einziges Wort. Der erste Musiker begann, mit seinen Füßen auf den Boden zu stampfen. Ein weiterer folgte. Der dritte schloss sich an, eine Kette, bis alle Musiker den gleichen Rhythmus traten. Jetzt fingen die Anwesenden an zu begreifen und stampften ihre Füße im selben Takt, auf denselben Boden, als wollten sie durch die Decke treten. Ein erstes Instrument erklang, zart, lieblich, eine endlos weit entfernte Nachtigall, die sich dem ohrenbetäubenden Rhythmus näherte. Der Konzertmeister fing die zarte Melodie auf und verklärte sie mit seiner Geige in himmlische

Sphären. Die Bläser schwiegen, nur die Geigen, eine nach der anderen, gesellten sich dazu.

Darunter dröhnte der getretene harte Rhythmus der Beine. Die Lautstärke der Musik schwoll an, nahm den Kampf gegen den kraftvollen Rhythmus auf, trotzdem nichts von ihrer Lieblichkeit verlierend. Die Füße stampften schneller und die lieblichen Geigenklänge schwebten vorneweg durch den Saal. Beides steigerte sich, schneller, lauter, lauter, schneller, lauter, lauter, schneller, das eine konnte das andere nicht einholen, die Polka dampfte durch den Raum und riss alle mit sich.

Es war der Augenblick für den Auftritt der Braut. Getragen von den Geigenklängen schwebte die weißgewandte Frau durch die stampfenden Leiber und stand plötzlich in der Mitte des Saales. Nie hatte es eine schönere Frau gegeben.

Ihre leuchtenden grünen Augen stachen durch den weißen Schleier, Wellen von dichtem schwarzen Haar quollen über den Rücken, der feinziselierte Körper hob sich in wundersamen zarten Rundungen von der Silhouette des Brautkleides ab. Die Augen eines Mannes glotzten, dass es den Fischen Angst um ihre Einmaligkeit werden musste.

Der Bräutigam erschien, nun kamen die Frauen zu ihrem Recht. Er überragte ihre alt gewordenen fetten Ehemänner um Haupteslänge, sein glänzendes Haar floss ohne Übergang auf den schwarzen seidenen Frack, durch geschmeidige Seide zeichneten sich die vollkommen ausgebildeten Muskeln ab, als könne man den Körper entblößt von allem Stofflichen wahrnehmen. Das Stampfen der Beine gewann wieder die Oberhand und drängte die lieblichen Geigenklänge zurück.

Die Braut schwebte, getragen von der Musik, über dem Boden immer auf derselben Stelle wie ein Kolibri und der Bräutigam bewegte sich im Rhythmus der stampften Polka auf das weiße Leben zu. Der Rhythmus der Musik übertrug sich auf den Boden. Wände begannen zu schwingen, das Geschirr klapperte, erst leise, dann immer lauter, in den Schwingungen des vibrierenden Raumes begannen die toten Lämmer sich wieder zu bewegen, die Spanferkel quiekten auf und aus den gebratenen Ochsen drang ein dumpfes Grollen. Dann brach der Boden zusammen und riss alle mit in die Tiefe.

Denn wie es in den Tagen des Noachs war, so wird es bei der Ankunft des Menschensohnes sein. Wie die Menschen vor der Flut aßen und tranken und heirateten, bis zu dem Tag, an dem nur Acht in die Arche gingen und nichts ahnten, bis die Flut hereinbrach und alle wegraffte, so wird es auch bei der Ankunft des Menschensohnes sein. (Matthäus 24:37-39)

Wegsehen
Bedeutet, zwei Leben
Wegzugeben.

Inhaltsverzeichnis

Biografie

Ich wurde in Berlin geboren. Nach dem Abitur in Berlin habe ich Medizin in Berlin und München studiert und war nach meinem Studium ca. 40 Jahre in der Medizin tätig. Seit Ende 2023 bin ich berentet. Während meiner Berufstätigkeit habe ich nebenher eine Reihe von Manuskripten verfasst, ein Jugendbuch, Kinderbücher, Romane und Gedichte.
Einige sind seitdem über einen Self-publishing-Verlag veröffentlicht worden.

Neben einer Reihe anderer Veröffentlichungen hat der Autor auch folgende Gedicht- und Prosabände veröffentlicht:

Die Christyllische Weihnacht –
Weihnachten wie immer (und) anders

27 Kurzgeschichten mit je einem Bild, zu jedem Tag vom 1.-26. sowie 31. Dezember; sehr abwechslungsreiche Geschichten von Weihnachten im Kaufhaus, bei den Schildbürgern, in einem neuen Märchen, als Science-Fiction und Weihnachtsgeschichten zur Zeit der Geburt

Jesu. So abwechslungsreich, dass für jeden und jedes Alter etwas dabei ist (auch in Englisch erhältlich).

Die Insel der Figuren

Roman. Ein kleines Mädchen in Japan bekommt zum Geburtstag von ihrem Vater eine Puppe geschenkt. Als das Mädchen älter ist, wird die Puppe in einem kleinen Boot auf die Wellen des Meeres gesetzt. Offensichtlich eine Tradition ins Erwachsenenalter. Einige Zeit später reist ein anderes Mädchen ihrer verschwundenen Puppe hinterher, eine spannende abenteuerliche Reise mit einem ungewöhnlichen überraschenden Ende beginnt.

101 Weihnachtsgedichtsbäume – gegen das Poesie-Waldsterben

Über 100 besinnliche, lustige, stimmungsvolle aber auch nachdenkliche Gedichte über die Weihnachtszeit.

Ostern- Gedichte zur Osterzeit

43 Gedichte mit christlichen Inhalten von Gründonnerstag bis zur Auferstehung Jesu, durchsetzt mit gedankenvollen Aphorismen.

Hinter dunklen Himmelswolken – Gedichte in Zeiten der Trauer

74 Gedichte über Tod, Sterben, Hoffnung, Zuversicht, das Danach.

Der erdenkliche Mensch - Das Du im Ich

55 Gedichte, dazwischen Aphorismen, die sich nachdenklich und kritisch mit liebgewonnenen menschlichen Verhalten auseinandersetzen.

Das Moooondschaaaaf
(monatlich durch das Jahr)

Für jeden Tag eines Monats ein Gedicht aus Sicht eines auf dem Mond lebenden Schafs, das humorvoll, kritisch, skeptisch und wiedererkennend unsere Erde beäugt; zwischen jedem Gedicht ein Aphorismus; mit passenden lustigen Bildern aus Kinderhand; auch als Geburtstagsgeschenk für den passenden Geburtstagsmonat geeignet.